Die Mitte ist rechts von links.

600 flach- & tiefgründige Weisheiten
aus der Welt der Politik

Die Mitte ist rechts von links.

600 flach- & tiefgründige Weisheiten
aus der Welt der Politik

Zusammengestellt von Frank Langenfeld

VERLAG DIE WERKSTATT

Bibliografische Information der Deutschen Bibliothek
Die Deutsche Bibliothek verzeichnet diese Publikation in der Deutschen Nationalbibliografie; detaillierte bibliografische Daten sind im Internet über http://dnb.ddb.de abrufbar.

Lotzestraße 24a, D-37083 Göttingen

Druck und Bindung: Fuldaer Verlagsanstalt
Satz und Gestaltung: Verlag Die Werkstatt
www.werkstatt-verlag.de

ISBN 3-89533-508-8

Inhalt

Politik, Staat, Demokratie

»Autovertreter verkaufen Autos, Versicherungsvertreter Versicherungen. Und Volksvertreter?«

Stanislaw Jerzy Lec, polnischer Satiriker

✧

»Staatsmänner schweben mit beiden Beinen fest über den Tatsachen.«

Oliver Hassencamp, deutscher Schriftsteller

✧

»Die Politik ist das Paradies zungenfertiger Schwätzer.«

George Bernard Shaw, anglo-irischer Schriftsteller

✧

»Das ist ja ein Teil des Problems der Glaubwürdigkeit der Politik: Die Worthülsenkreativität der Politik ist enorm, der Inhalt ist es oft nicht.«

Bernd Pischetsrieder, Vorstandsvorsitzender von Volkswagen

✧

»Odysseus ist der erste bedeutende Politiker, den die Weltliteratur nennt, und man zieht ihn deshalb zu Recht als Beispiel heran, wenngleich man sich heute weniger an seiner List als an seiner Fähigkeit, Irrfahrten zurückzulegen, orientiert.«

Manfred Rommel, CDU-Politiker

✧

»Ein Politiker muss die Fähigkeit haben, vorauszusehen, was kommt, um dann zu erklären, warum es nicht so gekommen ist.«

Winston Churchill

✧

»Der beste Platz für Politiker ist das Wahlplakat. Dort ist er tragbar, geräuschlos und leicht zu entfernen.«

Vicco von Bülow, Humorist

✧

»Die Berühmtheit manches Zeitgenossen ist unmittelbar mit der Dummheit seiner Bewunderer verbunden.«

Heiner Geißler, CDU-Politiker

✧

»Wenn Sie den Satz ›Der Klügere gibt nach‹ auf die Politik übertragen, regieren zum Schluss nur noch die Blöden.«

Lothar Späth, CDU-Politiker

✧

»In der Politik muss man Prinzipien so hoch hängen, dass man nötigenfalls drunter her gehen kann.«

Franz Josef Strauß, CSU-Politiker

✧

»Man braucht nicht immer denselben Standpunkt zu vertreten, denn niemand kann einen daran hindern, klüger zu werden.«

Konrad Adenauer, CDU-Politiker und Bundeskanzler

✧

»Das schwierigste Problem für den Politiker besteht darin, den Steuerzahler zu schröpfen, ohne den Wähler zu schädigen.«

Amerikanisches Sprichwort

✧

»Politiker sagen das, was ankommt, und nicht das, worauf es ankommt.«

Hans-Olaf Henkel, Manager

✧

»Politik wird immer noch mit dem Kopf und nicht mit dem Kehlkopf gemacht.«

Helmut Kohl

✧

»Wenn es den Politikern die Sprache verschlägt, halten sie eine Rede.«

Friedrich Nowottny, Fernsehjournalist

✧

»Nichts zu verstehen, hat noch keinen Politiker davon abgehalten, etwas zu sagen.«

Manfred Rommel, CDU-Politiker

✧

»Für einen Politiker ist es gefährlich, die Wahrheit zu sagen. Die Leute könnten sich daran gewöhnen, die Wahrheit zu hören.«

George Bernard Shaw

✧

»Es gibt Politiker, die das, was sie sagen, glauben. Und es gibt solche, die das, was sie sagen, nicht glauben. Erstere sind gefährlich.«

Manfred Rommel

✧

»Politiker sollten sich einfach ausdrücken und trotzdem kompliziert denken, anstatt einfach zu denken und sich kompliziert auszudrücken.«

Jean-Claude Juncker, luxemburgischer Ministerpräsident

✧

»Diplomaten sind Leute, die ungern sagen, was sie denken. Politiker denken ungern, was sie sagen.«

Sir Peter Ustinov

✧

»Jeder Politiker kennt einen Journalisten, auf dessen Indiskretion er sich verlassen kann.«

Robert Lembke, Journalist

✧

»Journalisten sind Leute, die fragen, ohne Antworten zu bekommen. Politiker sind Leute, die antworten, ohne gefragt zu sein.«

Norman Mailer, US-amerikanischer Schriftsteller

✧

»Wenn einer im Wahlkampf zu schimpfen hat, dann sind das die Wähler und nicht die Politiker.«

Rainer Barzel, CDU-Politiker

✧

»Wenn Bürger wie Stimmvieh behandelt werden, behandeln diese den Staat wie eine zu melkende Kuh.«

Jürgen Wilbert, deutscher Autor und Aphoristiker

✧

»Statistiken haben für Politiker die gleiche Bedeutung wie Straßenlaternen für Betrunkene: Sie dienen weniger der Erleuchtung als vielmehr der Aufrechterhaltung des eigenen Standpunkts.«

Roland Koch, CDU-Politiker

✧

»Eine Gesellschaft glücklicher Idioten ist machbar.«

Norbert Blüm, CDU-Politiker

✧

»Die Verfassung eines Staates sollte so sein, dass sie die Verfassung des Bürgers nicht ruiniert.«

Stanislaw Jerzy Lec, polnischer Satiriker

✧

»Demokratie beruht auf drei Prinzipien: auf der Freiheit des Gewissens, auf der Freiheit der Rede und auf der Klugheit, keine der beiden in Anspruch zu nehmen.«

Mark Twain, US-amerikanischer Schriftsteller

✧

»Die Demokratie ist ein Verfahren, das garantiert, dass wir nicht besser regiert werden, als wir es verdienen.«

George Bernard Shaw, anglo-irischer Schriftsteller

✧

»Demokratie ist die Kunst, dem Volk im Namen des Volkes feierlich das Fell über die Ohren zu ziehen.«

Karlheinz Deschner, Schriftsteller

✧

»Die Demokratie ist keine besonders gute Staatsform. Aber die beste, die ich kenne.«

Winston Churchill

✧

»Man hat manchmal das Gefühl, die einzige Verfassung, die unsere Parteien wirklich interessiert, ist ihre eigene finanzielle.«

Lore Lorentz, Kabarettistin

✧

»Politische Parteien versprechen uns vor den Wahlen einen Teil von dem, was sie uns hinterher abnehmen.«

Wolfram Weidner, Journalist

✧

Regierungen, Minister, Bürokraten

»In der Regierungskunst, so scheint es, bleiben die Leistungen der Menschheit weit hinter dem zurück, was sie auf fast allen anderen Gebieten vollbracht hat.«

Barbara Tuchman, US-amerikanische Schriftstellerin

✧

»Regieren ist die Kunst, Probleme zu schaffen, mit deren Lösung man das Volk in Atem hält.«

Ezra Pound, US-amerikanischer Dichter

✧

»Die Revolution ist die erfolgreiche Anstrengung, eine schlechte Regierung loszuwerden und eine schlechtere zu errichten.«

Oscar Wilde, englischer Schriftsteller

✧

»Die Rache der Geschichte an jungen Revolutionären besteht darin, dass sie in späteren Jahren mit Frack und Orden zum Opernball gehen müssen.«

Bruno Kreisky, ehemaliger österreichischer Bundeskanzler

✧

»Ich stehe hinter jeder Regierung, bei der ich nicht sitzen muss, wenn ich nicht hinter ihr stehe.«

Werner Finck, deutscher Schauspieler und Kabarettist

✧

»Es ist die Aufgabe der Opposition, die Regierung abzuschminken, während die Vorstellung noch läuft.«

Jacques Chirac, französischer Politiker

✧

»Opposition ist die Kunst, etwas zu versprechen, was die Regierung nicht halten kann.«

Harold Nicolson, britischer Diplomat und Autor

✧

»Opposition ist die Kunst, so geschickt dagegen zu sein, dass man später dafür sein kann.«

Charles-Maurice de Talleyrand-Perigord, französischer Staatsmann

✧

»Wenn die Regierung Chaos produziert, sollte eine kluge Opposition nicht davon ablenken.«

Wolfgang Schäuble, CDU-Politiker

✧

»Diese Woche hat die Regierung keinen Fehler gemacht. Aber zugegeben, es ist es erst Dienstag.«

François Goulard, französischer Oppositionspolitiker

✧

»Auch diese Regierung kann sich ihre Partner nicht aussuchen. Sie muss auch Leuten die Hand geben, wo hinterher die Kernseife nicht ausreicht, um sie sich zu waschen.«

Joschka Fischer als Außenminister

✧

»Wenn alle unsere Kabinettsmitglieder, auch Margret Thatcher, wegen etwas Miesem zurücktreten würden, dann hätten wir bald kein Kabinett mehr.«

Jonathan Carr, britischer Journalist

✧

»Allein in diesem Jahr haben sich Strauß, Lambsdorff, Haussmann, Späth, Genscher, Geißler, Waigel und andere gegenseitig als Hofhunde, Clique, Kurpfuscher, Eisenbärte, Spinner, Schwachsinnige, Kleingeister, Gernegroße, Gruselkabinett, Großmaul und als politische Schlümpfe bezeichnet. Bemerkenswert für den Umgang in einer Koalition, die mit dem Anspruch geistig-moralischer Erneuerung angetreten ist.«

Hans-Jochen Vogel als SPD-Vorsitzender, 1987

✧

»Das sind ganz einfach Halbstarke. Mit dem Moped die Straße rauf, die Straße runter, so machen die Politik.«

Franz Walter, Politologe, über die rot-grüne Bundesregierung

✧

»Ich verstehe die Bayern nicht: Seit 50 Jahren immer die gleiche Regierung. In der DDR war das auch so, aber da gab's keine andere Möglichkeit.«

Gregor Gysi, PDS-Politiker

✧

»Ich werde auf Ihr Angebot zurückkommen und mir dann und wann Ihren Rat holen. Aber wir werden uns nicht jeden Tag auf dem Schoß sitzen. Das würde ich auch gar nicht aushalten.«

Gerhard Schröder als Bundeskanzler,
zu seinem Vorgänger Helmut Kohl bei der Amtsübernahme

✧

»Warum sprach Bundeskanzler Gerhard Schröder bei der Regierungserklärung so langsam? Er konnte Oskar Lafontaines Handschrift so schlecht lesen!«

Harald Schmidt, Entertainer

✧

»Klar macht das Regieren Spaß, bis auf die Tatsache, dass ich das Protokoll nicht verstehe und das Saarland bankrott ist.«

Peter Müller als saarländischer Ministerpräsident

✧

»Ich und Präsident? Unmöglich! Meine Frau wäre niemals damit einverstanden, in ein kleineres Haus zu ziehen.«

Bob Hope, US-amerikanischer Komiker

✧

»Die Beziehung zwischen Präsident und Vizepräsident ist niemals leicht; schließlich ist es beunruhigend, an seiner Seite einen Mann zu haben, der sein Lebensziel nur durch den Tod des anderen erreichen kann.«

Henry Kissinger, US-amerikanischer Politiker

✧

»Er übernimmt den Posten ja nicht, um Sex zu machen.«

Jurij Masljukow, russischer Ex-Vizepremier, über die Präsidentschaftskandidatur des 70-jährigen Jewgenij Primakow

✧

»Und vor allem muss er eine Regierungskoalition zusammenhalten, die aussieht wie ein Gruppenporträt, das Picasso betrunken gemalt hat.«

Die israelische Zeitung »Ma'ariv«
über Premierminister Ehud Barak

✧

»Ich wünsche mir, dass Guido Westerwelle Vizekanzler wird. Und mir ist dabei völlig egal, wer unter ihm Bundeskanzler wird.«

Birgit Homburger, FDP-Bundestagsabgeordnete

✧

»Wie ich Sie kenne, werden Sie sich ein Kellerfenster aussuchen.«

Norbert Blüm zu Otto Graf Lambsdorff, der gesagt hatte, er werde eher aus dem Fenster springen, als mit Blüm gemeinsam am Kabinettstisch zu sitzen

✧

»Wie gut die Bundesregierung ist, erkennt man daran, dass ich der schlechteste ihrer Minister bin.«

Hans-Jürgen Wischnewski, SPD-Politiker

✧

»Minister fallen wie Butterbrote: gewöhnlich auf die gute Seite.«

Ludwig Börne, deutscher Journalist und Schriftsteller

✧

»Inwiefern sind Minister und Pantoffeln sich oft so gleich? Man gewinnt beide oft erst dann lieb, wenn sie abgetreten sind.«

Moritz Gottlieb Saphir, österreichischer Satiriker

✧

»Ob ich noch einmal mit Rücktritt drohe, werde ich mir überlegen. Denn einerseits verbraucht sich das, und andererseits weiß ich gar nicht, ob jeder das als Drohung empfindet.«

Jürgen W. Möllemann als Bundeswirtschaftsminister

✧

»Das Schlimmste ist, wenn Sie irgendwo hinfahren und müssen einen Parkplatz suchen.«

Barbara Stamm, ehemalige bayerische Gesundheitsministerin, über die Folgen ihres Rücktritts

✧

»Und sobald man nicht mehr Finanzminister ist,
wird man wieder gegrüßt.«

*Theo Waigel, ehemaliger Bundesfinanzminister,
zum selben Thema*

✧

»Sie hatten hier den Bundeskanzler eingeladen,
nun müssen Sie mit einem gewissen Herrn Schmidt
vorlieb nehmen.«

*Helmut Schmidt nach seiner Ablösung als Kanzler
bei der Eröffnung der Frankfurter Buchmesse 1982*

✧

»Sie hinterlässt mir Schuhe – Damenschuhe,
die mir sowieso nicht passen.«

*Peter Harry Carstensen, Nachfolger von Heide Simonis
als Ministerpräsident von Schleswig-Holstein*

✧

»Von Ihnen gelobt zu werden, ist mittlerweile
außerordentlich gefährlich geworden – besonders,
wenn man Minister ist.«

Hans-Jochen Vogel zu Bundeskanzler Helmut Kohl

✧

»Ich glaube, ich bin noch im Amt. Aber ich weiß nicht,
wer das Ministerium gerade leitet.«

Ivan David, tschechischer Gesundheitsminister

✧

»Ich kenne da eine ganze Reihe,
denen würde ich das sofort genehmigen.«

*Gerhard Schröder auf die Frage,
ob er seinen Ministern Erziehungsurlaub geben würde*

✧

»Ich würde mir niemals erlauben,
mit der Ministerin zu schmusen.«

*Manfred Richter-Reichhelm,
Vorsitzender der Kassenärztlichen Bundesvereinigung,
auf die Frage, ob sein Verband einen Schmusekurs
mit Bundesgesundheitsministerin Ulla Schmidt fahre*

✧

»Die Tatsache, dass eine Zahl aus dem Bundesministerium stammt, ist an und für sich noch kein ausreichender Beweis, dass sie falsch ist.«

Walter Seuffert, SPD-Bundestagsabgeordneter

✧

»Schattenminister wird es nicht geben. Wir haben in der FDP nur Lichtgestalten, keine Schattenminister.«

Wolfgang Kubicki als schleswig-holsteinischer FDP-Fraktionschef

✧

»Es ist schon ein seltsames Gefühl, plötzlich Chefin in einem Ministerium zu sein, vor dem ich noch vor einem halben Jahr demonstriert habe.«

*Bärbel Höhn, Grüne, nach ihrer Ernennung
zur nordrhein-westfälischen Umweltministerin*

✧

»Sein Haus führt er wie den Hof von Byzanz.«

Jörg Schönbohm, CDU, über die Amtsführung von Bundesinnenminister Otto Schily, SPD

✧

»Wenn Sie in Deutschland auf die Barrikaden gehen wollen, dann müssen Sie erst Barrikaden aufstellen. Und die Barrikadenaufstellung verlangt ein paar behördliche Genehmigungen. Und auf die warten Sie ein halbes Jahr.«

Roman Herzog als Bundespräsident

✧

»Es ist leichter, ein eingeseiftes Schwein am Schwanz festzuhalten, als einen Lebenszeitbeamten aus seiner Stellung zu bringen.«

Manfred Humbs, bayerischer CSU-Landtagsabgeordneter

✧

»Wir haben es auch in der Verwaltung mit einer Unmenge Spezialisten zu tun. Diese wissen bekanntlich von immer weniger immer mehr, bis sie von nichts alles wissen, während die Generalisten von immer mehr immer weniger wissen, bis sie von allem nichts wissen. Zwei verschiedene Wege, die zum selben Ergebnis führen.«

Manfred Rommel, CDU-Politiker

✧

»Wenn es nicht notwendig ist, ein Gesetz zu erlassen, dann ist es notwendig, kein Gesetz zu erlassen.«

Charles Montesquieu, französischer Philosoph und Schriftsteller

✧

»Es ist ein Gesetz, das niemand bei uns im Land will und das niemand bei uns im Land braucht. Bringen wir's schnell hinter uns.«

Otto Ebnet als Wirtschaftsminister von Mecklenburg-Vorpommern zum von der EU vorgeschriebenen Seilbahngesetz

✧

»Gegen Bürokratie zu plädieren, ist so ähnlich, wie sich für das Zähneputzen einzusetzen. So etwas ist einfach nur selbstverständlich.«

Peter Bofinger, Wirtschaftsforscher

✧

»Die einigen sich in einer Stunde, welche Brücke sie bombardieren. Und wir brauchen mit der zivilen Bürokratie zwei Jahre, um zu sagen: Die bauen wir wieder auf.«

Bodo Hombach als Balkan-Beauftragter der EU über den Unterschied zwischen der NATO und seiner Institution

✧

»Man könnte den lieben Gott zum Präsidenten der EU-Kommission machen. Das würde nur dazu führen, dass die Erschaffung der Welt nicht mehr sechs Tage, sondern acht Jahre braucht.«

Bodo Hombach

✧

Ideologen, Parteisoldaten, Abgeordnete

»Ein Kommunist ist ein Sozialist ohne Sinn für Humor.«

George Barton Cutten, US-amerikanischer Schriftsteller

✧

»Alles, was die Sozialisten vom Geld verstehen, ist die Tatsache, dass sie es von anderen haben wollen.«

Konrad Adenauer

✧

»In meiner Jugend dachte ich, der Sozialismus sei die beste Gesellschaftsform. Jetzt weiß ich, dass es die GmbH & Co. KG ist.«

Hans Matthöfer, SPD-Politiker

✧

»Dem Kapitalismus wohnt ein Laster inne:
die ungleichmäßige Verteilung der Güter.
Dem Sozialismus hingegen wohnt eine Tugend inne:
die gleichmäßige Verteilung des Elends.«

Winston Churchill

✧

»Wenn der Sozialismus ein Experiment ist, warum hat man ihn dann nicht zuerst an Mäusen ausprobiert?«

Richard Schröder, SPD-Politiker

✧

»Der Kommunismus findet Zulauf nur dort,
wo er nicht herrscht.«

Henry Kissinger

✧

»Ein konservativer Staatsmann ist einer, der in die bestehenden Mängel verliebt ist, während der Liberale sie durch neue Mängel ersetzen möchte.«

Ambrose Bierce, US-amerikanischer Journalist und Satiriker

✧

»Konservativ kommt nicht von Konserve.«

Angela Merkel

✧

»Die Mitte ist rechts von links.«

Angela Merkel

✧

»Die Braut ist hässlich, aber sie muss geheiratet werden.«

Ein Delegierter der Hamburger Grünen
über das Regierungsbündnis mit der SPD

✧

»Wir sind in Bayern nach wie vor eine Volkspartei – aber das lässt sich von den Zahlen nicht rundherum belegen.«

Walter Kolbow, stellv. Vorsitzender der bayerischen SPD

✧

»Es nützt zwar nix, aber es ist gut, dass wir darüber reden.«

Hermann Memmel, bayerischer SPD-Abgeordneter,
über die Niederlage seiner Partei bei der Landtagswahl

✧

»Die SPD ist die Partei, wo nur noch Rudolf Scharping schlechtere Abstimmungsergebnisse bekommt als ich – aber was soll ich machen? Ich kann ihn ja nicht zu jeder Abstimmung mitnehmen.«

Wolfgang Clement, SPD-Politiker

✧

»Ich sehe mit Gelassenheit meine Entwicklung in der SPD vom Sonnyboy über den Kronprinzen zum Armleuchter.«

Hans Apel, SPD-Politiker

✧

»Die SPD muss sich auch für alle öffnen,
die nach der ersten Versammlung im Ortsverein
schreiend davonlaufen.«

Axel Berg, SPD-Bundestagsabgeordneter

✧

»Man muss vor dem Irrtum warnen, dass es drei
Supermächte in der Welt gebe:
die USA, die Sowjetunion und die SPD.«

Hans Apel, SPD-Politiker

✧

»Die SPD hat manchmal den Charme
eines Finanzamtes.«

Renate Schmidt, SPD-Politikerin

✧

»Seit die SPD einen Vogel hat,
ist sie wieder eine ganz normale Partei.«

Ernst Waltemathe, SPD,
über seinen Parteivorsitzenden Hans-Jochen Vogel

✧

»Wenn ihr in Zukunft wissen wollt, wie die Basis,
also die eigentlichen Mitglieder denken, fragt mich.
Ich bin seit 41 Jahren in der Partei, seit 35 Jahren habe
ich Ämter. Jetzt habe ich keines mehr. Ich bin die Basis.
Das ist keine Drohung.«

Gerhard Schröder, ehemaliger SPD-Vorsitzender

✧

»Die SPD ist erst 140 Jahre alt. Da fragt man sich doch: In welcher Partei war der Johannes Rau denn vorher?«

Harald Schmidt

✧

»Adam Riese konnte niemals Mitglied der sozialdemokratischen Partei sein, das ist bekannt.«

Norbert Blüm, CDU-Politiker

✧

»Es ist ja nicht alles falsch, was drinsteht. Aber alles, was richtig ist, haben die Grünen von der SPD abgeschrieben.«

Uwe Jens, SPD-Bundestagsabgeordneter

✧

»Einen Verlust von 1,9 Prozentpunkten können wir uns in Brandenburg nicht leisten.«

Roland Vogt, Vorsitzender der Grünen in Brandenburg, zu den Verlusten der Partei in Schleswig-Holstein. In Brandenburg hatten die Grünen bei den Landtagswahlen insgesamt nur 1,9 Prozent erhalten.

✧

»Gerade wir Grünen sind den Leuten oft mit einer Lösung ins Haus gefallen, bevor sie wussten, dass es überhaupt ein Problem gibt.«

Jürgen Trittin, Bündnis 90/Grüne

✧

»Alles, was Spaß macht, macht dick, ist verboten oder wird von den Grünen bekämpft.«

Renate Künast, Bündnis 90/Grüne

✧

»Wir haben zwei Probleme: erstens uns selbst und zweitens die Realität.«

Joschka Fischer, Bündnis 90/Grüne

✧

»Der Mist, den die etablierten Parteien produzieren, ist der Dünger für die Grünen.«

Jochen Steffen, SPD-Politiker

✧

»Das Wachstum der Grünen kann auch mit dem feuchten Sommer zusammenhängen.«

Friedrich Nowottny, Fernsehjournalist

✧

»Das FDP-Ergebnis hatten wir uns immer als Inflationsrate gewünscht.«

Johannes Rau, SPD, über das Abschneiden der FDP bei den hessischen Landtagswahlen 1982 (3,1 Prozent)

✧

»Die FDP treibt sich immer in der Nähe des Friedhofs herum, ist aber noch nicht beerdigt.«

Hans-Jochen Vogel, SPD-Politiker

✧

»Die Ratten nehmen es besonders übel,
wenn das von ihnen verlassene Schiff nicht sinkt.«

Otto Graf Lambsdorff, FDP, über den zur SPD übergetretenen ehemaligen FDP-Politiker Günter Verheugen

✧

»Wir sind keine CDU für seltene Kirchgänger,
keine SPD für Porsche-Fahrer und keine Grünen mit
abgeschlossener Berufsausbildung.«

Guido Westerwelle über die FDP

✧

»Die FDP darf nicht den Eindruck erwecken, als sei sie
mit der CDU verheiratet bis zur Witwenverbrennung.«

Guido Westerwelle

✧

»Niemand spricht mehr von der FDP –
nicht einmal schlecht.«

Walter Scheel als FDP-Ehrenvorsitzender

✧

»Heute war es gewaltfrei.«

Wolfgang Gerhardt, FDP, über das Verhältnis zu seinem Parteifreund Jürgen W. Möllemann

✧

»Möllemann ist kein Quartalsirrer.
Die Zyklen sind viel kürzer.«

Dirk Niebel, FDP-Abgeordneter

✧

»Von Peter Hintze gelobt zu werden,
kommt einer Beleidigung gleich.«

*Walter Jens, SPD-Bundestagsabgeordneter,
über den CDU-Generalsekretär*

✧

»Sie können ganz gewiss sein, bis zur
heißen Wahlkampfphase haben wir auch
einen Kanzlerkandidaten.«

Angela Merkel

✧

»Wenn Schmidt Mitglied der Union wäre, dann würde er
dort zum beachtlichen Durchschnitt gehören.«

Franz Josef Strauß über Bundeskanzler Helmut Schmidt

✧

»Ihr Problem ist, Frau Merkel, dass bei Ihnen mitten
im Sommer der Merz ausbricht.«

*Franz Müntefering, SPD, zu Angela Merkel in Anspielung
auf deren Parteifreund Friedrich Merz*

✧

»Wir brauchen ihn zum Denken.«

Angela Merkel über Wolfgang Schäuble

✧

»Eine Gruppierung, die zehn Jahre meine Führung übersteht, muss eine stabile Gruppierung sein.«

Michael Glos, seit zehn Jahren Chef der CSU-Landesgruppe im Bundestag

✧

»Weder bin ich in die SED eingetreten, noch ist Honecker Leiter der Auslandsabteilung der CSU geworden.«

Franz Josef Strauß über sein umstrittenes Treffen mit Erich Honecker

✧

»Zwischen NPD, Republikanern und DVU unterscheide ich nicht. Das hieße, Scheiße nach dem Geruch zu sortieren.«

Gerhard Glogowski, SPD-Politiker

✧

»Das Parlament könnte hervorragend funktionieren, wenn es nur die schrecklichen Abgeordneten nicht gäbe.«

Ulrich Irmer, FDP-Bundestagsabgeordneter

✧

»Abgeordnete wählen bei Rededuellen gern die ungefährlichste Form: Sie reden aneinander vorbei.«

Wolfram Weidner, Journalist

✧

»Abgeordnete sind nur ihrem Gewissen unterworfen. Dies gilt nicht für Minister, die haben keines.«

Herbert Wehner, SPD-Politiker

✧

»Ich möchte hier leidenschaftlich für das Recht der Abgeordneten eintreten, Unsinn zu reden. Es ist eines der Grundrechte des Parlaments.«

Hans Dichgans, CDU-Bundestagsabgeordneter

✧

»91 kleine Könige! Wichtig ist, dass es einen Kaiser gibt. Das bin ich.«

David McAllister als Chef der niedersächsischen CDU-Landtagsfraktion über die Abgeordneten

✧

»Als Landtagspräsident habe ich nur zwei Chancen, in die Zeitung zu kommen: Entweder bringe ich meine Frau um, oder ich erhöhe die Diäten der Abgeordneten.«

Klaus Peter Möller als hessischer Landtagspräsident

Weise Worte von Helmut Kohl

»Sie alle stritten für die Würde des Menschen. Vergleichbares darf nie wieder geschehen.«

Aus einer Rede zum Jahrestag des Aufstandes im Warschauer Getto

✧

»Sowohl als auch!«

Auf die Frage eines Journalisten, ob er Pragmatiker sei

✧

»Ich habe damals ja nicht gewusst, dass ich einmal Bundeskanzler werde. Jetzt bin ich es. Und in elf Jahren ist das Jahrhundert, das so viel Elend gebracht hat, zu Ende.«

Im Jahr1989

✧

»Viele waren von der Entscheidung für Herrn Ost überrascht; ich nicht, denn ich habe sie ja selbst getroffen.«

Zur Auswahl seines Regierungssprechers Friedhelm Ost

✧

»Ich habe die Frage beantwortet:
Ich beantworte die Frage nicht.«

Zur Frage nach anonymen Parteispendern

✧

»Am Wichtigsten ist, was hinten rauskommt.«

✧

»Amerika ist, wenn Sie so wollen, ein Kontinent.«

✧

»Ich weiß, dass ich 1945 fünfzehn war und 1953 achtzehn.«

✧

»Mein stärkstes Kapital ist, dass die Leute von mir, ohne hinzugucken, einen Gebrauchtwagen kaufen.«

✧

»Ich bejahe diese Frage rundherum mit ja.«

✧

»Das rächt sich wie das Amen in der Kirche.«

✧

»Das, was ich will, ist, was ich selber wollen will.«

✧

»Ich habe mit niemandem darüber geredet,
weder unter vier Augen noch in kleinerem Kreise.«

✧

»Andere bekommen gleich kalte Füße, wenn ihnen
der Wind einmal ins Gesicht bläst.«

✧

»Sie wissen, dass das Gewicht, das ich mit mir herumschleppe, eine persönliche Leidenschaft ist.«

✧

»Das deutsche Vaterland hat Hitler überlebt
und wird uns überleben, wenn wir nur wollen.«

✧

»Wir sind nicht allein auf der Welt –
schon gar nicht in Europa.«

✧

»Wir müssen jetzt aufpassen in der Politik, dass wir nicht endlich begreifen, dass die Jungen schon jenseits des Berges in Europa angekommen sind, und wir sitzen immer noch vor den Toren, obwohl wir nicht mehr vor den Toren sitzen.«

✧

»Natürlich muss das Finale als letztes Spiel eines
Weltmeisterschaftsturniers gesehen werden.«

✧

»Also, wenn Sie dieses, unser ganzes Jahrhundert überblicken, und die WM kommt nach Deutschland – 2006 ist das Jahrhundert zu Ende.«

✧

»Ich bin kein vollständiger Fußballlaie, ich kenne immerhin den Unterschied zwischen einem Strafstoß und einem Elfmeter.«

✧

»Das ist eines der köstlichsten Ergebnisse der letzten 50 Jahre, dass die Tarifautonomie ein hohes Gut ist.«

✧

»Was im Konzentrationslager Flossenbürg möglich war, müsste heute auf einem Bankentag oder anderswo auch möglich sein.«

✧

»Wir haben die Talsohle erreicht, und wir haben sie in Freiheit erreicht. Das ist eine phantastische Sache.«

✧

»Die Großmütter haben damals in den Pforzheimer Bombennächten ja gesagt zu Kindern, sonst gäbe es uns heute hier nicht.«

✧

»Das deutsche Volk hat nun mal beschlossen, weniger Kinder zu zeugen. Das ist eine Sache, die mir nicht einmal die Sozialdemokraten anhängen können.«

✧

»Deutschland ist in Europa das Land mit der niedrigsten Geburtenrate, die Sie nicht allein der Bundesregierung anlasten können.«

✧

»Wer ja sagt zur Familie,
der muss auch ja sagen zur Frau.«

✧

»Die Mehrheit der deutschen Frauen ist weiblich.«

✧

»Es ist unerträglich, dass in manchen Ortsverbänden überhaupt kein weibliches Mitglied zu beobachten ist.«

✧

»Die jungen Leute in Deutschland sind prima.
Sie stammen ja auch von uns ab.«

✧

»Gerade die Jugend hat es verdient, dass wir nicht mit dem Tellerrand des Augenblicks Politik machen.«

✧

Außenpolitik, Verteidigung, Europa

»China ist ein großes Land, in dem viele Chinesen leben.«

Charles de Gaulle, französischer Staatspräsident

✧

»Dies ist ein großer Tag für Frankreich.«

Richard Nixon als US-Präsident, beim Begräbnis des französischen Staatspräsidenten Georges Pompidou

✧

»Frankreich ist und bleibt unser Nachbar. Doch dasselbe gilt auch umgekehrt.«

Rainer Barzel, CDU-Politiker

✧

»Ich weiß zwar nicht, was er denkt,
aber ich denke ähnlich wie er.«

Helmut Kohl als Bundeskanzler über Frankreichs Staatspräsident François Mitterrand

✧

»We said no to a German Sonderweg.«

Joschka Fischer als Außenminister

✧

»In Chicago würde man sagen, einige meiner Freunde sind dafür, einige meiner Freunde sind dagegen. Und ich bin immer der Meinung meiner Freunde.«

Donald Rumsfeld, US-Verteidigungsminister, auf die Frage, wie die US-Regierung die Berufung eines EU-Außenministers beurteilen würde

✧

»Ich habe niemals so viele hervorragende Staatsmänner in einem Raum gesehen, seit Henry Kissinger allein im großen Spiegelsaal sein Dinner aß.«

Alexander Haig, US-amerikanischer Politiker

✧

»Mit Gorbatschow komme ich besser zurecht als mit seinen Vorgängern. Mit denen konnte ich ja nicht direkt reden, weil sie mir ständig vorher weggestorben sind.«

Ronald Reagan als US-Präsident

✧

»Es ist erwiesen, dass er nach wie vor von Molotow-Cocktails mehr versteht als von Diplomaten-Cocktails.«

Michael Glos über den Ex-Sponti und späteren Außenminister Joschka Fischer

✧

»Schreiben Sie: Der Fischer ist schuld.«

Formulierungsvorschlag von Außenminister Joschka Fischer auf mehrfache Nachfragen von Hans-Peter Uhl, dem Vorsitzenden des Visa-Untersuchungsausschusses

✧

»Schröder macht Großmachtpolitik, sein Außenminister spielt den internationalen Sozialarbeiter.«

Christian Hacke, Politikwissenschaftler, über Gerhard Schröder und Joschka Fischer

✧

»Der einzige Fortschritt, den man bisher in Abrüstungsfragen erzielt hat, liegt darin, dass sich die früheren Kriegsminister jetzt Verteidigungsminister nennen.«

Linus Carl Pauling, US-amerikanischer Wissenschaftler

✧

»Wenn ich Herrn Tippach über die Bundeswehr reden höre, kommt mir das so vor, als wenn ein Eunuch Eheberatung betreibt.«

Klaus Hardraht, CDU, zum PDS-Abgeordneten Steffen Tippach

✧

»Franz Josef Strauß ist der einzige Schwarze,
der in Südafrika gut behandelt wird.«

*Helmut Haussmann, FDP-Politiker,
noch zu Zeiten der Apartheid in Südafrika*

✧

»Zu den großen Leistungen europäischer Außenpolitik
in Afrika gehört es, bei vierzig Grad im Schatten
einen Frack zu tragen.«

Roger Peyrefitte, französischer Schriftsteller und Politiker

✧

»Als ich Diplomat wurde, war das Erste, was ich lernen
musste, den Mund zu halten – in vielen Sprachen.«

Golda Meir, israelische Politikerin

✧

»Entwicklungshilfe nimmt das Geld der Armen
in den reichen Ländern und gibt es den Reichen
in den armen Ländern.«

Achmed Mohamed Saleh, tansanischer Journalist

✧

»Bei Ihrer Außenpolitik, Herr Kinkel, bekomme
selbst ich Sehnsucht nach Hans-Dietrich Genscher,
und das will schon was heißen.«

Gregor Gysi zu Außenminister Klaus Kinkel

✧

»Hätte der Kanzler doch einfach die Schnauze gehalten.«

Ein deutscher Soldat zu Gerhard Schröders Angebot, Bundeswehreinheiten nach Afghanistan zu entsenden

✧

»Er wollte diesen Posten nicht haben, wollte sich jedoch dem Gestellungsbefehl der Partei nicht widersetzen und reißt seinen Wehrdienst auf der Hardthöhe ab wie ein missgestimmter Rekrut.«

Friedrich Zimmermann, CSU, über Verteidigungsminister Hans Apel, SPD

✧

»Sie werden nicht einmal Zeit haben, die Dienstgrade zu lernen.«

Wolfgang Gerhardt anlässlich der Vereidigung von Peter Struck zum neuen Verteidigungsminister kurz vor der Bundestagswahl

✧

»Die Einigung Europas gleicht dem Versuch, ein Omelett zu backen, ohne Eier zu zerschlagen.«

Paul Lacroix, französischer Schriftsteller

✧

»Mit den Europa-Verhandlungen ist es wie mit dem Liebesspiel der Elefanten: Alles spielt sich auf hoher Ebene ab, wirbelt viel Staub auf – und es dauert sehr lange, bis etwas dabei herauskommt.«

Willy Brandt

✧

»Geltendes EU-Recht mag man manchmal für verrückt,
ja geradezu für bescheuert halten,
doch es ist einzuhalten.«

Heide Simonis, SPD-Politikerin

✧

»Wenn aus dem Auspuff eines Autos so wenig
herauskäme wie aus dem EU-Ministerrat,
wäre die Welt in Ordnung.«

Siegbert Alber, CDU-Politiker

✧

»Wie sieht der kleine deutsche Moritz die Europäische
Gemeinschaft? Die Italiener tanzen und singen,
die Franzosen essen gut und trinken auch nicht schlecht,
die Engländer streiken dauernd, und die Deutschen
arbeiten sich zu Tode und bezahlen das alles.«

Martin Bangemann, FDP-Politiker

✧

Wirtschaft, Arbeit, Soziales

»Ihren Optimismus in allen Ehren, aber auch der Kapitän der ›Titanic‹ war voller Optimismus, als er sein Schiff in das Eisfeld steuerte.«

Hansheinz Hauser, Präsident der Handwerkskammer Düsseldorf, über die Konjunktur-Prognosen von Bundeskanzler Schröder

✧

»Für manchen ist die Wirtschaftsnation Deutschland – verglichen mit den USA – ungefähr so attraktiv wie Inge Meysel gegenüber Pamela Anderson.«

Dieter Hundt, Präsident der Bundesvereinigung der Deutschen Arbeitgeberverbände

✧

»Wenn die Regierung das Vertrauen von Investoren im In- und Ausland zerstören will, macht sie derzeit einen sehr guten Job.«

Werner Seifert, Vorstandsvorsitzender der Deutschen Börse

✧

»Würde Ludwig Erhard noch leben,
er müsste sich bestimmt im Grab herumdrehen.«

Helmut Haussmann, FDP,
über die Marktwirtschaft in der Bundesrepublik

✧

»Es kommen jetzt Länder in die Europäische Union, die finden die 35-Stunden-Woche so gut, die machen gleich zwei davon in der Woche.«

Friedrich Merz, CDU-Politiker

✧

»Kolumbus war der erste Planwirtschaftler. Er fuhr los und wusste nicht, wohin, er kam an und wusste nicht, wo er war, und er machte das alles mit anderer Leute Geld.«

Otto Graf Lambsdorff, FDP-Politiker

✧

»Für den Normalbürger bedeutet Sparen: Er gibt Geld, das er hat, nicht aus. Für den Staat bedeutet Sparen: Er gibt Geld, das er nicht hat, nicht aus.«

Fritz Süverkrüp, Präsident der IHK Kiel

✧

»Ich kann Herrn Henkel vom BDI nicht in Beugehaft nehmen, damit er zum Bündnis für Arbeit erscheint.«

Gerhard Schröder

✧

»Zum Handwerk kommt der Konkursverwalter,
zum Konzern der Bundeskanzler.«

Die Handwerkskammer Schwerin zum Einsatz von Gerhard Schröder bei der Rettung des Holzmann-Konzerns

✧

»Die Bundesregierung ist ein typisch deutscher Handwerksbetrieb: Auf einen, der was gelernt hat, kommen mindestens drei Lehrlinge.«

Richard Rogler, Kabarettist

✧

»Ich glaube an das papierlose Büro genauso wenig wie an das papierlose Klo.«

Frieder Birzele, SPD-Abgeordneter im Landtag von Baden-Württemberg

✧

»Der Kanzler hat so einen gewissen Facharbeitercharme.«

Andrea Nahles, SPD, über Gerhard Schröder

✧

»Der Prototyp eines sozialdemokratischen Vorstandsmitglieds ist ein Soziologiestudent im 20. Semester mit einem Onkel, der eine Kusine hat, die jemand kennt, der schon einmal einen Schraubstock gesehen hat.«

Norbert Blüm, CDU-Politiker

✧

»Wenn die IG Metall die Interessen der Arbeitnehmer vertritt, ist der ›Playboy‹ das Mitteilungsmagazin des Vatikans.«

Heiner Geißler, CDU-Politiker

✧

»So viel Arbeitslose, wie du damals hattest, beschäftige ich heute als Mitarbeiter.«

Bernhard Jagoda als Präsident der Bundesanstalt für Arbeit zu seinem Vorgänger Josef Stingl

✧

»Eher werden Sie sich halbieren als die Arbeitslosigkeit.«

Joschka Fischer zu Helmut Kohl als Bundeskanzler

✧

»Nicht nur Arbeitslosigkeit dequalifiziert, sondern auch der Einsatz des Facharbeiters als Bulettenbrater.«

Rudolf Dreßler, SPD-Politiker

✧

»Peter Struck hat sich negativ auf die Arbeitsplätze ausgewirkt. Seit er Verteidigungsminister ist, sind 5000 Scharping-Parodisten arbeitslos.«

Harald Schmidt

✧

»Jeder, der eine Oma hat, hält sich für einen Rentenexperten.«

Herbert Rische, Präsident der Bundesversicherungsanstalt für Angestellte

✧

»Es wird auch in Zukunft zwischen BAFöG und Rente noch eine Pause sein, die sich nicht nur durch Sozialhilfe überbrücken lässt.«

Wolfgang Schäuble

✧

»Deutschland ist das einzige Land, wo die Rentenbeiträge an der Tankstelle bezahlt werden.«

Laurenz Meyer, CDU-Politiker

✧

»Bismarck musste ertragen, dass er mit dem Hering verbunden ist. Da kann ich das mit der Riester-Rente gut akzeptieren.«

Walter Riester als Bundesarbeitsminister

✧

»Das dient auch der Entlastung der Renten.«

Otto Schily, 68, zu seiner Bereitschaft, auch nach der Bundestagswahl 2002 ein Ministeramt in der Bundesregierung auszuüben

✧

»Wenn der Blüm in der Lösung der Probleme so erfolgreich wäre wie im Sprücheklopfen, hätten wir in der Bundesrepublik Vollbeschäftigung.«

Horst Bourmer, Vorsitzender des Ärzteverbandes »Hartmannbund«

✧

»Die SPD ist offenbar entschlossen, aus der Bundesrepublik eine riesige Ortskrankenkasse unter dem Barmer Ersatzkanzler Rau zu machen.«

Otto Graf Lambsdorff, FDP-Politiker

✧

»Abgeordnete sind genug drin, wir brauchen jetzt noch ein paar Sachverständige.«

Roman Herzog über die von ihm geleitete Kommission zur Reform der sozialen Sicherungssysteme

✧

»Häufig gilt in der politischen Praxis eine Maßnahme für um so sozialer, je höher das Defizit ist, welches sie verursacht.«

Manfred Rommel

✧

»Alle wollen den Gürtel enger schnallen, aber jeder fummelt am Gürtel des Nachbarn herum.«

Norbert Blüm

✧

»Diejenigen, die immer davon reden, dass wir doch alle in einem Boot sitzen, sind meist diejenigen, die sich rudern lassen.«

Helmut Ruge, Kabarettist

✧

Gesundheit, Familie, Frauen

»Alle Gesundheitsminister müssen im Leben
etwas Schlimmes verbrochen haben,
sonst wären sie das nicht geworden.«

Ulla Schmidt als Gesundheitsministerin

✧

»Ulla Schmidt will, dass bei der Fußball-Weltmeisterschaft jeder verletzte Spieler noch auf dem Rasen zehn Euro Praxisgebühr zahlen muss.«

Richard Rogler, Kabarettist

✧

»In Deutschland leben mehr Diabetiker als FDP-Wähler.«

Pressemitteilung des Vereins zur Förderung der gesunden Ernährung

✧

»Als früherer Gesundheitssenator kann ich vor dem dauerhaften Schlucken von Kröten nur warnen.«

Ortwin Runde, SPD, während der Koalitionsverhandlungen mit den Grünen in Hamburg

✧

»Wenn man Herrn Gauweiler und die CSU zum Thema Aids hört, hat man den Eindruck, dass für sie Kondome unter ein Vermummungsverbot gehören.«

Guido Westerwelle

✧

»Wenn es um Ernährung und Gesundheit geht, gibt es keine Kompromisse – deshalb haben wir diesen Kompromiss gemacht.«

Klaus Kinkel, FDP-Politiker

✧

»Können Sie sich Koalitionsverhandlungen zwischen Merz und Müntefering vorstellen? So viele Schmerzmittel gibt es in allen Apotheken Deutschlands nicht.«

Friedrich Merz, CDU, über die Möglichkeit einer großen Koalition mit der SPD

✧

»Früher hat man bei Scharping gedacht, der kämpft noch mit dem Valium vom Vorabend.«

Kalle Pohl, Entertainer

✧

»Für die Zahnärzte ist die Gebühr von zehn Euro totaler Blödsinn. Wir brauchen den Steuerungseffekt nicht. Bei uns ist die Angst vorm Zahnarzt der Steuerungseffekt.«

Frank Dreihaupt, Präsident der Zahnärztekammer Sachsen-Anhalt, über die Praxisgebühr

✧

»Frau Schmidt hat die unheimliche Gabe, sich mit Plänen der Union auseinander zu setzen, die es nicht gibt.«

Horst Seehofer, CSU, über Bundesgesundheitsministerin Ulla Schmidt

✧

»Trotz großer Anstrengungen wird es uns in den nächsten Jahren nicht gelingen, bei der Bevölkerungszahl die Deutschen zu überflügeln.«

Jean-Claude Juncker, luxemburgischer Ministerpräsident

✧

»Ich kann mich nun wirklich nicht selbst bevölkerungspolitisch betätigen.«

Reinhard Marx, Bischof von Trier

✧

»Die Menschen sind zwar alle abstrakt kinderfreundlich, aber sie lieben die Kinder um so mehr, je weiter sie von ihnen entfernt sind; sie fordern das geräuscharme Flüsterkind in den Großstädten.«

Manfred Rommel, CDU-Politiker

✧

»Die Beschäftigung mit fünf Enkelkindern ist interessanter als die Beschäftigung mit acht Ministern.«

Holger Börner als hessischer Ministerpräsident

✧

»Eine relativ kleine Arbeitsgemeinschaft von angehenden Großvätern.«

Willy Brandt über die Jungsozialisten

✧

»Bei uns sind sogar die Älteren jünger als die Jungen bei den anderen.«

Hans-Dietrich Genscher über die Altersstruktur in der FDP

✧

»Ich halte ein Parteiordnungsverfahren gegen Philipp Mißfelder für übertrieben. Ich würde ihm lieber Schnuller und Zahnspange wegnehmen.«

Christa Thoben, CDU, über den in die Kritik geratenen Vorsitzenden der Jungen Union

✧

»Wenn Sie sich ein wenig beeilen würden, meine Herren. Ich habe bereits dreizehn Kinder!«

Elmer Mortenson, Abgeordneter im Staatskongress des US-Bundesstaates Connecticut, während einer Debatte über die Zulassung empfängnisverhütender Mittel

✧

»Familie – er spricht es immer pfälzisch aus,
und dann klingt es wie Vanille.«

Otto Graf Lambsdorff über Bundeskanzler Helmut Kohl

✧

»Ich weiß jetzt noch nicht einmal, was ich meiner Frau schenke. Die kommt zuerst dran. Dann Frau Künast.«

Gerd Sonnleitner, Präsident des Deutschen Bauernverbandes, auf die Frage, was er der Verbraucherministerin zu Weihnachten schenken werde

✧

»Das Ehepaar Schröder hat sich sehr zivil geeinigt: Sie kriegt das Haus und er den Grill. Außerdem bekommt Gerhard Schröder das alleinige Sorgerecht für die SPD.«

Harald Schmidt

✧

»Dauernd muss ich mich für seine Politik rechtfertigen. Wenn mein Bruder Pflasterer wäre, dann könnte er mir wenigstens einen Carport bauen oder ein Loch in die Wand bohren.«

Ilse Brücke, Halbschwester von Gerhard Schröder

✧

»Ich glaube, dass die Schwulen-Ehe etwas ist, das einem Mann und einer Frau vorbehalten sein sollte.«

Arnold Schwarzenegger, kalifornischer Gouverneur

✧

»Mancher schreit, weil er nicht anders kann.
Machen Sie das doch bei Ihrer Frau, nicht im Parlament!«

Rainer Brüderle, FDP, zu einem Zwischenrufer im Bundestag

✧

»Die letzte Frau, die mir den Kopf gewaschen hat,
war meine Mutter.«

*Horst Seehofer, nachdem Angela Merkel ihm
eine Gardinenpredigt gehalten hatte*

✧

»Eines der Geheimnisse des Erfolgs von Angela Merkel ist ihr geschickter Umgang mit eitlen Männern. Sie weiß: Auerhähne schießt man am besten beim Balzen.«

Michael Glos, CSU-Politiker

✧

»Ich hatte letzten Sonntag das Vergnügen, an einer Diskussionsrunde in Berlin teilzunehmen. Dabei hatte ich es mit Frau Höhn zu tun. Seitdem weiß ich, warum Herr Clement die loswerden will.«

*Otto Graf Lambsdorff, FDP,
über die Grünen-Politikerin Bärbel Höhn*

✧

»Ich frage mich: Wo bleibt die Schmerzensmutter
der Nation, Claudia Roth?«

Michael Glos, CSU, zur ausgebliebenen Reaktion von Grünen-Chefin Roth auf das brutale Vorgehen der türkischen Polizei gegen eine Demonstration von Frauen

✧

»Eine Rüschenbluse macht noch keine Rosa Luxemburg.«

Jürgen Trittin über Sahra Wagenknecht, PDS

✧

»Die Leute regen sich jetzt auf, sie sei machthungrig und männermordend und setze Entscheidungen durch – das sind Qualifikationen, die man ganz gut gebrauchen kann.«

Kurt Biedenkopf zum Führungsstil von Angela Merkel

✧

»Die Männer haben inzwischen beobachtet, dass es in der Fraktion nicht nur Platzhirsche, sondern auch Platzhirschkühe gibt.«

Otto Schily, damals Grüne, zur Machtübernahme weiblicher Abgeordneter in der Bundestagsfraktion

✧

»Frauen an der Spitze einer Partei sind der CSU suspekt. Die CSU macht keine Politik von Lederhose und Laptop, sondern von Strickzeug und Wischmopp.«

Guido Westerwelle

✧

»Eigentlich erstaunlich, dass die Lebenserwartung der Frauen höher ist als bei Männern. Nach meiner Auffassung ist das verfassungswidrig.«

Peter Müller als saarländischer Ministerpräsident

✧

»Die Hälfte aller weiblichen Arbeitnehmer sind Frauen.«

Erich Honecker als DDR-Staatschef in einer Rede zur Eröffnung des Welt-Frauenkongresses in Ost-Berlin

✧

»Frauen werden in wirtschaftlich schwierigen Zeiten eher entlassen und später als Männer wieder eingestellt.«

Claudia Nolte, CDU-Politikerin

✧

»Nicht geborene Mädchen bekommen mit Sicherheit auch keine Kinder.«

Heinz Lehmann, sächsischer CDU-Abgeordneter

✧

»Bis jetzt können nur Frauen Kinder auf die Welt bringen.«

Heiner Geißler, CDU-Politiker

✧

»Wenn wir einen Kandidaten vorschlagen, wird es entweder ein Mann oder eine Frau sein.«

Wolfgang Schäuble zur Wahl des Bundespräsidenten

✧

»Die erste Rektorin einer Technischen Hochschule, die eine Frau ist.«

Bernhard Vogel als Ministerpräsident von Thüringen über Dagmar Schipanski

✧

Bildung, Wissenschaft, Forschung und Technologie

»Wir müssen den Kindern mehr Deutsch lernen.«
Edmund Stoiber

✧

»Die Verteilung von Schlaubergern und Deppen auf die Parteien folgt der Normalverteilung in der Bevölkerung.«
Peer Steinbrück als nordrhein-westfälischer Ministerpräsident

✧

»Bildungspolitik ist wie Pinkeln gegen den Wind. Man macht sich nur die eigene Hose nass.«
Werner Remmers als niedersächsischer Kultusminister

✧

»Die Bildungspolitik ist ein Teil von einer Kraft,
die stets das Gute will und oft Probleme schafft.«

Hans Schwier als nordrhein-westfälischer Kultusminister

✧

»Wenn wir an den Schulen in Niedersachsen so gut
mit Lehrern versorgt wären wie im Landtag, hätten wir
keine Probleme mehr.«

Jürgen Gansäuer, CDU, niedersächsischer Landtags-Vizepräsident

✧

»Der Bundestag ist mal voller und mal leerer,
aber immer voller Lehrer.«

Otto Graf Lambsdorff, FDP-Politiker

✧

»Junge Leute gehen nicht zu Parteiveranstaltungen
der Grünen, weil sie nicht auch noch abends ihren Eltern
und Lehrern begegnen möchten.«

Guido Westerwelle

✧

»Wir haben alle etwas Ordentliches gelernt, das kann man
nicht über jeden Minister in Berlin sagen. Es schadet auch
bei der Politik nicht, wenn man mehr zu Ende gemacht
hat als die Fahrschule.«

Guido Westerwelle

✧

»Die Kultusministerkonferenz zum Handeln aufzufordern, ist, als ob man einem Flusspferd befiehlt, einen Baum zu erklimmen.«

Ulrike Flach, FDP-Politikerin

✧

»Von einem Kollegen Willi Lemke erwarte ich in der Kultusministerkonferenz keine Probleme. Im Zweifelsfall kann ich ja immer bei Uli Hoeneß nachfragen.«

Hans Zehetmair, bayerischer Wissenschaftsminister, über den designierten Bremer Bildungssenator und ehemaligen Manager von Werder Bremen

✧

»Wer seine Haare färbt, wird auch nicht davor zurückschrecken, die Schul-, die Unterrichtsstatistiken zu fälschen.«

Christian Wulff, CDU, als niedersächsischer Oppositionschef über Ministerpräsident Sigmar Gabriel, SPD

✧

»Das Wirtschafts- und Finanzprogramm der Grünen ist der sichtbare politische Ausdruck des Bildungsnotstandes der siebziger Jahre geworden.«

Gerhard Stoltenberg, CDU-Politiker

✧

»Es kann doch nicht der Sinn von Bildung sein, dass jeder Einsteins Relativitätstheorie erklären kann, aber keiner mehr einen tropfenden Wasserhahn repariert.«

Norbert Blüm, CDU-Politiker

✧

»Eine bundesstaatliche Elite-Universität wird so erfolgreich sein wie die Maut und das Dosenpfand.«

Volker Kauder, CDU-Bundestagsabgeordneter

✧

»Ihre Reden laufen nach dem Motto:
Wer jeden Tag ein Eisbein isst, ist ein Polarforscher.«

Karl-Heinz Funke, SPD, zum CSU-Abgeordneten Horst Seehofer

✧

»Die letzte technologische Erfindung,
zu der die SPD ja gesagt hat, war der Farbfernseher.«

Ein Abgeordneter aus dem »Seeheimer Kreis«
rechter SPD-Abgeordneter

✧

»Bei uns fuhr die Magnetbahn im Emsland jahrelang nur im Kreis. Bis die Chinesen auf die Idee gekommen sind, es geht auch geradeaus. Da hätten wir auch selbst drauf kommen können.«

Franz Müntefering

✧

»Wenn es nach den Grünen gegangen wäre, bestünde das Handy immer noch aus zwei mit einer Kordel verbundenen Joghurtbechern.«

Guido Westerwelle

✧

»Es macht keinen Sinn, dass die Amerikaner und Japaner sich um den Mikrochip kümmern und wir um den Kartoffelchip.«

Norbert Blüm

✧

»Einer wie Späth würde wegen angeblicher Exportchancen sogar eine mikroprozessorgesteuerte, vollrobotisierte Spätzlemaschine subventionieren, nur um den Japanern auf dem Weltmarkt für dieses einzigartige Produkt zuvorzukommen.«

Marieluise Beck-Oberdorf, Grüne, über Lothar Späth, Ministerpräsident von Baden-Württemberg

✧

»Mich verwundert es immer wieder, welch dezidierte Vorstellung Leute über Atomkraftwerke haben, die zu Hause noch nicht einmal in der Lage sind, eine Steckdose zu reparieren.«

Helmut Schmidt als Bundeskanzler

✧

Justiz, Inneres, Öffentliche Ordnung

»Die zehn Gebote sind deswegen so kurz und logisch, weil sie ohne Mitwirkung von Juristen zustande gekommen sind.«

Charles de Gaulle, französischer Staatspräsident

✧

»Je weniger die Leute davon wissen, wie Würste und Gesetze gemacht werden, desto besser schlafen sie.«

Otto von Bismarck

✧

»Es hilft nichts, das Recht auf seiner Seite zu haben. Man muss auch mit der Justiz rechnen.«

Dieter Hildebrandt, Kabarettist

✧

»Es versteht sich, dass wir diesen Tag nicht als Tag der offenen Tür deklarieren konnten.«

Herbert Mertin, rheinland-pfälzischer Justizminister, über den »Ersten Tag des Strafvollzugs«

✧

»Als ich reinkam, habe ich gefragt, ob ich auch wieder rausdarf.«

Günther Beckstein als bayerischer Innenminister beim Besuch einer Justizvollzugsanstalt

✧

»Es freut mich, dass ich den Kollegen Beckstein einmal hinter Gittern sehe.«

Manfred Weiss als bayerischer Justizminister beim Besuch einer Justizvollzugsanstalt zusammen mit Günter Beckstein

✧

»Es ist ja nicht ganz einfach, dort die Leute vor die Tür zu schicken.«

Günter Baaske, SPD-Fraktionschef in Brandenburg, über das geplante Rauchverbot in den Gefängnissen

✧

»Wer Herta Däubler-Gmelin kennt, hätte wissen müssen, dass sie unmöglich die Täterin sein konnte. Denn das Opfer wurde in dem Krimi von vorn erstochen.«

Hermann Scheer, SPD-Politiker, zur Nebenrolle der Bundesjustizministerin in einem »Tatort«

✧

»Wir müssen bei den Spannern und Exhibitionisten genauer hinschauen.«

Ulrich Goll, FDP, Justizminister von Baden-Württemberg

✧

»Wenn ein Ehepaar sichergehen will, unbelauscht miteinander sprechen zu können, muss es in Zukunft einen Geistlichen oder einen Bundestagsabgeordneten hinzuziehen.«

Burkhard Hirsch, FDP, über den »Großen Lauschangriff«

✧

»Wolfgang Clement sitzt neben Claudia Schiffer und ich neben dem Bürgermeister von Bottrop – es gibt keine Gerechtigkeit mehr.«

Johannes Rau

✧

»In meinem Ministerium darf jeder tun, was ich will.«

Otto Schily als Bundesinnenminister

✧

»Die Korruptionsbekämpfung in Nordrhein-Westfalen läuft wie geschmiert.«

Fritz Behrens als nordrhein-westfälischer Innenminister

✧

»Der redliche Bürger erlebt seine Krise mit diesem Staat nicht mit der Polizei, sondern beim Finanzamt.«

Paul Kirchhof, Verfassungsrichter

✧

»Einwanderer erhalten von der Einreise an Integrationsangebote, zumal Deutschland recht kompliziert ist mit gesetzlichen Ladenöffnungszeiten, drei verschiedenen Mülltonnen und dem Preissystem der Deutschen Bahn.«

Otto Schily als Bundesinnenminister in einer Rede zur Zuwanderung

✧

»Auch der Ausländer, der morgen abgeschoben wird, muss sich heute auf unseren Straßen sicher fühlen können.«

Günther Beckstein als bayerischer Innenminister

✧

»Er wird nicht abgeschossen.«

Karsten-Uwe Heye als Regierungssprecher auf die Frage, was passiere, wenn PKK-Chef Öcalan mit seinem Privatflugzeug im deutschen Luftraum auftauche

✧

»Ich hoffe, er ist auf Waffen durchsucht worden.«

Gerhard Schröder bei einer Festveranstaltung über DGB-Chef und Reformkritiker Michael Sommer

✧

»Lieber mal mit Anfang 20 den nackten Hintern hingehalten als mit Steinen auf Polizisten geworfen.«

Peter Bond, FDP-Bundestagskandidat und Ex-»Glücksrad«-Moderator, über seine frühe Karriere als Pornodarsteller

✧

Steuern, Finanzen, Währungsfragen

»Politik ist die Kunst,
stets Gründe für neue Steuern zu finden.«

Helmar Nahr, deutscher Mathematiker

✧

»Nicht umsonst führen die Staaten mit Vorliebe
ein Raubtier im Wappen.«

Carl Spitteler, Schweizer Autor

✧

»Es ist schwer zu verstehen, dass mit deutschen Steuermitteln koreanische Schiffsneubauten subventioniert werden, die anschließend mit einer philippinischen Besatzung chinesische Produkte in die USA transportieren.«

Dieter J. Pomerening, Betriebswissenschaftler

✧

»Das Foto, auf dem mir Haare zu Berge stehen, zeigt mich nicht bei einer Cabrio-Fahrt, sondern bei der Lektüre der Steuergesetze der Bundesregierung.«

Angela Merkel zur Cabriowerbung eines Autovermieters, für den sie Modell gestanden hatte

✧

»Es ist so, als wollte man in England von Links- auf Rechtsverkehr umstellen, aber weil man sich das nicht zutraut, erst mal nur für Lastwagen.«

Georg Milbradt als sächsischer Ministerpräsident zum Steuerkonzept der CSU

✧

»Wie kann man eine Steuererklärung auf einem Bierdeckel machen wollen? Darauf kommt man nur, wenn man lange vor dem Bierdeckel gesessen und sich besoffen hat.«

Franz Müntefering über die Pläne der CDU/CSU zur Steuervereinfachung

✧

»Steuerpolitisch weiß eine Hälfte der SPD nicht, was sie will. Die andere Hälfte will nicht, was sie weiß. Und Herr Lafontaine weiß es nicht und will es auch nicht, was er nicht weiß.«

Hermann Otto Solms, FDP-Politiker

✧

»Wahrscheinlich bin ich der einzige Ministerpräsident, der je zurückgetreten ist und danach sein Gehalt durch Zahlung von Steuern wieder zurückgezahlt hat.«

Lothar Späth, Jenoptik-Chef und ehemaliger Ministerpräsident von Baden-Württemberg

✧

»Wer glaubt, dass die Solidarität an der Höhe des Solidaritätszuschlages gemessen wird, glaubt auch, dass Zitronenfalter Zitronen falten.«

Cornelia Pieper als FDP-Generalsekretärin

✧

»Ein Finanzminister kommt mit einem ganz beschränkten Wortschatz aus:
Er muss vorzugsweise nein sagen können.«

Hans Eichel als Bundesfinanzminister

✧

»Man kann auch ohne Geld glücklich sein. Das ist aber nicht unbedingt die Botschaft eines Finanzministers.«

Hans Eichel

✧

»Kurzfristig schafft es Verunsicherung, wenn wir den Leuten Geld wegnehmen.«

Hans Eichel

✧

»Wo immer ich als Bundesfinanzminister stehe, da weiß ich, meine treuen Freunde stellen sich mutig vor mich hin – solange sie sicher sind, dass von hinten geschossen wird.«

Theo Waigel als Bundesfinanzminister

✧

»Die Finanzminister und die Bankiers haben eines gemeinsam: Sie leben von anderer Leute Geld. Die Bankiers haben nur die unangenehme Aufgabe, es wieder zurückzahlen zu müssen.«

Bernd Fahrholz, Vorstandsvorsitzender der Dresdner Bank

✧

»Ich glaube, mein Finanzminister sitzt irgendwo unter dem Schreibtisch und weint.«

Heide Simonis als Ministerpräsidentin von Schleswig-Holstein über den Entschluss der Bundesregierung, die Steuern zu senken

✧

»Ich habe die Statistik und mich an meiner Seite.«

Peer Steinbrück als Finanzminister von Nordrhein-Westfalen zu seinen Haushaltsprognosen

✧

»Die Finanzlage der Kommunen ist seit Jahren schlecht – aber im Moment ist sie es wirklich.«

Erwin Teufel als Ministerpräsident von Baden-Württemberg

✧

»Man kann mit uns über alles reden außer über Geld.«

Ehrhart Körting, SPD, Berliner Innensenator, zu den Tarifverhandlungen im öffentlichen Dienst

✧

»Von Sparen – im eigentlichen Sinn – kann dabei keine Rede sein. Wir geben lediglich Geld, das wir ohnehin nicht haben, nicht aus.«

Friedrich-Otto Ripke, niedersächsischer CDU-Abgeordneter

✧

»Kohl hat immer gesagt:
Der Wohlstand der Deutschen geht auf das Konto der CDU. Das haben wir missverstanden.«

Wolfgang Clement über die schwarzen Konten und die Spendenaffäre der CDU

✧

»Kavaliersdelikt ist ein völlig falscher Begriff.
Es handelt sich weder um Kavaliere, noch handelt es sich um ein Delikt.«

Heiner Geißler, CDU, über die Spendenaffäre seiner Partei

✧

»Die sind nun mal da. Wenn's die Leute aufregt, kann ich das auch nicht ändern.«

Irmgard Adam-Schwaetzer als FDP-Schatzmeisterin über die 6 Millionen DM, die Kaufhaus-Inhaber Helmut Horten ihrer Partei gespendet hatte

✧

»Die D-Mark ist etwas, das manche Deutsche mehr lieben als die eigene Frau.«

Theo Waigel, CSU, über die mangelnde Liebe der Deutschen zum Euro

✧

»Die Einführung des Euro ist eine höchst sozialdemokratische Aufgabe: Die Zahl der Millionäre wird halbiert.«

Walter Hoffmann, SPD, Stadtdirektor von Hildesheim

✧

»Ja, bis 40 Grad.«

Hans Eichel als Bundesfinanzminister auf die Frage, ob sich der Euro für Geldwäsche eigne

✧

»Kann es etwas Schöneres geben, als nach Geld anzustehen?«

Ernst Welteke, Bundesbank-Chef, zu den Warteschlangen bei der Währungsumstellung 2002

✧

»Sehe ich aus, als befände ich mich in Panik?«

Wim Duisenberg als Chef der Europäischen Zentralbank auf die Äußerung eines Journalisten, die EZB habe in Panik eine Zinserhöhung beschlossen

✧

Ernährung, Landwirtschaft, Forsten

»Genau wie ich es mir bei den Grünen vorgestellt habe: schön gesund, aber nichts Richtiges zu essen.«

Gerhard Schröder über das Essen während der Koalitionsverhandlungen zwischen SPD und Grünen

✧

»Schwarz-Grün passt zusammen wie Lakritz und Spinat.«

Guido Westerwelle

✧

»Die Europäische Union und Russland sind wie Wodka und Kaviar. Ich weiß allerdings nicht, wer Wodka und wer Kaviar ist.«

Romano Prodi als EU-Kommissionspräsident über das Verhältnis zwischen der EU und Russland

✧

»CDU und CSU erinnern an eine Familie, die sich nicht einigen kann, was Sonntag auf den Tisch kommt: Kaninchen oder Fisch. Jetzt suchen sie nach einem Hering mit langen Ohren, den sie servieren können.«

Krista Sager, Bündnis 90/Grüne, zur Uneinigkeit zwischen CDU und CSU über die Gesundheitsreform

✧

»Reden sind immer schädlich: Vor dem Essen verderben sie den Appetit, nach dem Essen die Verdauung.«

Sandro Pertini, italienischer Staatspräsident

✧

»Alle Bonner Regierungssprecher haben es schwer. Man kann nicht einen Rossapfel nehmen, ihn in Stanniol packen und als Golden Delicious verkaufen.«

Friedrich Nowottny, Fernsehjournalist

✧

»Der Deutsche misstraut allem Fremden, es sei denn, es lässt sich trinken.«

Klaus Kinkel, FDP-Politiker

✧

»Sie wissen ja: Im Wein ist Wahrheit, im Wasser sind nur Bazillen.«

Hans-Artur Bauckhage als rheinland-pfälzischer Weinbauminister

✧

»Den deutschen Brauereien geht es nicht gut.
Deshalb sollte man diese Branche fördern.«

Werner Müller als Bundeswirtschaftsminister

✧

»Vielleicht machen Abgeordnete mit gutem Essen im Bauch ja bessere Politik und senken mal die Steuern.«

Gerd Käfer, Edel-Gastronom

✧

»Ich wiege zweieinhalb Zentner, und wenn ich wütend bin, das Doppelte.«

Holger Börner, SPD-Politiker

✧

»Ich kapituliere vielleicht vor einer Schweinshaxe, aber nicht vor den Grünen.«

Holger Börner

✧

»Ich stehe hier mit meiner ganzen Figur für die Erzeugnisse dieser Branche.«

Helmut Kohl in seiner Eröffnungsrede der Lebensmittelmesse Anuga in Köln

✧

»Ein Ernährungsminister darf nicht wie ein Hungerkünstler aussehen. Das wäre eine Widerlegung seines Ressorts.«

Ignaz Kiechle als Bundesminister für Landwirtschaft und Ernährung

✧

»Der beste Weg, Gewicht zu verlieren, ist, den Mund nicht aufzumachen. Für Politiker etwas schwierig.«

Ed Koch als New Yorker Bürgermeister

✧

»Ich begrüße das, was von Helmut Kohl übrig geblieben ist.«

Wolfgang Schäuble bei der ersten CDU/CSU-Fraktionssitzung nach dem Fastenurlaub des Bundeskanzlers

✧

»Den Gürtel enger zu schnallen, verlangen vor allem die, die ihren Wohlstandsbauch schon mit Hosenträgern abgesichert haben.«

Bernhard Vogel, CDU-Politiker

✧

»Aus einem mageren Suppenhuhn kann man wundervolle Brühe kochen.«

Heide Simonis, nachdem sie den schleswig-holsteinischen Landesetat als »mageres Suppenhuhn« bezeichnet hatte

✧

»Die Fischerei ist derart hoch technisiert, dass der Fisch keine Chance hat zu entkommen.«

Renate Künast als Verbraucherministerin über die Notwendigkeit von Fischerei-Fangbeschränkungen

✧

»Bislang gilt leider immer noch die Tatsache: 80 Prozent der Verbraucher sind gegen die Käfighaltung von Legehennen, aber 80 Prozent der Verbraucher kaufen Eier aus Käfighaltung.«

Josef Miller als bayerischer Landwirtschaftsminister

✧

»Das ist wie mit Gänsen über Weihnachten reden.«

Karl-Heinz Funke als Bundeslandwirtschaftsminister über seine Gespräche mit Landwirten über geplante EU-Subventionskürzungen

✧

»Die Gummistiefel brauche ich jetzt nur noch für den eigenen Garten.«

Willi Stächele, CDU, bisheriger Landwirtschaftsminister in Baden-Württemberg, nach seiner Berufung zum Staatsminister

✧

»Die Scheinheiligkeit der grünen Verbraucherschutzpolitik wird offensichtlich, wenn Gummibärchen verboten und gleichzeitig Haschisch legalisiert werden soll.«

Peter Harry Carstensen, CDU-Politiker

✧

»Nach BSE, TBC und MKS scheint alles Unangenehme drei Buchstaben zu haben und aus Großbritannien oder Bayern zu kommen.«

Till Backhaus als Landwirtschaftsminister von Mecklenburg-Vorpommern

✧

Umwelt, Verkehr, Städtebau

»Wenn man einen Sumpf austrocknen will,
darf man nicht die Frösche fragen.«

Friedrich Merz, CDU-Politiker

✧

»Die FDP will Ökologie und Marktwirtschaft versöhnen, das heißt, wenn Lambsdorff Geld ins Ausland überweist, stellt Westerwelle ein Schild auf: Vorsicht – Krötenwanderung!«

Friedrich Küppersbusch, Fernsehjournalist

✧

»Das ist, als würde man die Branntweinsteuer erhöhen und dann die Alkoholiker davon befreien.«

Peter Müller, CDU, zur Befreiung energieintensiver Unternehmen von der Ökosteuer

✧

»Wir haben eine Verrechtlichung des Naturschutzes, dass man schon fast das Gefühl hat, jeder Käfer hat ein eigenes Aktenzeichen.«

Otto Ebnet, Wirtschaftsminister von Mecklenburg-Vorpommern

✧

»In Deutschland hätten wir in dieser Zeit noch nicht einmal die Amseln umgesiedelt.«

Heinrich von Pierer, Siemens-Vorstandsvorsitzender, zur zügigen Umsetzung des Transrapid-Projekts in China

✧

»Wenn Greenpeace sagt, der Umwelt zuliebe müssten die Bananen gerade sein, dann bügelt die umweltbewusste Hausfrau Bananen.«

Peter Boenisch, ehemaliger Regierungssprecher

✧

»Wenn ich heute sehe, was ein Kubikmeter Wasser kostet, ist es bald billiger, wenn ich den Garten mit Wein gieße.«

Rainer Brüderle, FDP-Politiker

✧

»Wenn sich Windräder durch völlige Übersubventionierung noch in windstillen Berliner Hinterhöfen rechnen, dann hat das mit der Förderung neuer Technologien nichts mehr zu tun.«

Guido Westerwelle

✧

»Man kann ja nicht überall Möllemann hinstellen,
damit der genug Wind macht.«

Michael Vesper als nordrhein-westfälischer Bauminister zum Thema Windkraftanlagen

✧

»Edmund Stoiber hat den halben Kreidefelsen von Rügen aufgefressen, um seine aggressive Stimme verstellen zu können.«

Ludwig Stiegler, SPD-Politiker

✧

»Ich kann Herrn Stiegler die Mitteilung machen, dass die Kreidefelsen strengstens unter Naturschutz stehen.«

Antwort von Angela Merkel

✧

»Der Joschka Fischer kann jetzt in Hessen Kläranlagen bauen. Er muss nur jemanden finden, der ihm das Geld dafür druckt.«

Wolfgang Schäuble nach der Ernennung von Joschka Fischer zum hessischen Umweltminister

✧

»Bei meinen bekannt guten Beziehungen zur Unterwelt wird es wohl doch nicht so schwer sein, eine Druckerei zu finden.«

Antwort von Joschka Fischer

✧

»Bis die entsprechenden Rechtsverordnungen erlassen sind, wird noch so manche Einwegflasche Minister.«

Hannegret Hönes, Grünen-Politikerin

✧

»Ernst Albrecht ist eine politische Altanlage, über deren Restnutzungsdauer man sich mal Gedanken machen muss.«

Jürgen Hogrefe, niedersächsischer Grünen-Politiker

✧

»Wenn es Emissionswerte für heiße Luft gäbe, wäre die Anlage Goppel längst stillgelegt.«

Manfred Fleischer, Landtagsabgeordneter der Grünen, über den bayerischen Umweltminister Thomas Goppel, CSU

✧

»Mit Golf-Spielern allein können wir nicht gewinnen, wir brauchen auch Golf-Fahrer.«

Rainer Brüderle, FDP-Politiker

✧

»Es sind ja gar nicht die Raser, die so schnell fahren.«

Martin Bangemann, FDP-Politiker

✧

»Solange es nur's Leben gekostet hat, haben sich die Schwaben nicht angeschnallt. Erst seit's 40 Mark kostet, tun sie's.«

Manfred Rommel, CDU-Politiker

✧

»Wenn die Deutschen Licht am Ende des Tunnels sehen, dann verlängern sie den Tunnel.«

Harald Schartau als Wirtschaftsminister von Nordrhein-Westfalen

✧

»Die Bahn versucht, ihre Kunden so lange zu erziehen, bis sie keine mehr hat.«

Otto Ebnet als Wirtschaftsminister von Mecklenburg-Vorpommern

✧

»Die PDS ist die Partei, die ohne Fahrschein im Intercity-Express mitfährt und sich laufend über den schlechten Service beklagt.«

Angela Merkel zum Auftreten der PDS im Berliner Wahlkampf

✧

»Wenn uns Edmund Stoiber mit seinem Selbstbewusstsein zu gefährlich wird, weise ich ihn darauf hin, dass wir in Frankfurt die gesamte Jahresfracht des Münchner Flughafens in 27 Arbeitstagen wegfliegen.«

Roland Koch als hessischer Ministerpräsident

✧

»Es ist traurig, aber selbst wenn die Neue Heimat künftig nur noch mehr als 70-jährige Nonnen in ihrer Geschäftsführung beschäftigen würde, hätte sie keine Chance mehr, Vertrauen zu erwerben.«

Christoph Zöpel, SPD-Politiker

✧

»Wenn ich das Kanzleramt anschaue, weiß ich gar nicht, warum da alle rein wollen.«

Guido Westerwelle über den umstrittenen Neubau des Bundeskanzleramtes in Berlin

✧

»Es gibt Leute, die sagen, vom Mond aus seien nur zwei Gebäude auf der Erde sichtbar: die chinesische Mauer und das Klinikum Aachen.«

Norbert Blüm, CDU-Politiker

✧

»Ich dachte immer, das ist ein Fertighaus.«

Günter Struve, ARD-Programmdirektor, über die SPD-Wahlkampforganisation Kampa

✧

Weise Worte von George W. Bush

»Der überwiegende Anteil unserer Importe stammt aus dem Ausland.«

✧

»Wenn wir erfolglos sind, laufen wir Gefahr zu versagen.«

✧

»Ein niedrigeres Wahlergebnis ist ein Zeichen, dass weniger Leute zur Wahl gehen.«

✧

»Ich denke, wir sind uns einig darüber, dass die Vergangenheit vorbei ist.«

✧

»Ich habe in der Vergangenheit gute Urteile gefällt. Ich habe in der Zukunft gute Urteile gefällt.«

✧

»Der Holocaust war eine obszöne Periode in der Geschichte unseres Landes… Ich meine, unseres Jahrhunderts… Wir alle lebten in diesem Jahrhundert. Ich lebte nicht in diesem Jahrhundert.«

✧

»Das ist ein Kapitel, das letzte Kapitel des 20. … des 20. … des 21. Jahrhunderts, das die meisten von uns lieber vergessen würden. Das letzte Kapitel des 20. Jahrhunderts. Das ist das erste Kapitel des 21. Jahrhunderts.«

✧

»Als ich aufwuchs, war die Welt gefährlich. Man wusste genau, wer sie waren: Es war wir gegen sie, und es war klar, wer sie waren. Heute wissen wir nicht so genau, wer sie sind, aber wir wissen, dass sie da sind.«

✧

»Es ist nicht die Umweltverschmutzung, die der Umwelt schadet. Es sind die Unreinheiten in unserer Luft und unserem Wasser, die die Schäden verursachen.«

✧

»Ein Wort bringt die Verantwortung jedes Gouverneurs auf den Punkt, und dieses eine Wort ist: Sei bereit.«

✧

»Internationales Recht?
Ich rufe besser meinen Anwalt an.«

✧

»Nun, ich glaube, wenn du sagst, du machst etwas und machst es nicht, das ist Glaubwürdigkeit.«

✧

»Ein Land, das angegriffen wird, kann antworten, indem es seinen Nachbarn liebt, wie es selbst geliebt werden möchte.«

✧

»Ich glaube, wenn man weiß, woran man glaubt, dann ist es viel einfacher, Fragen zu beantworten. Ich kann Ihre Frage nicht beantworten.«

✧

»Ich hatte keine Gelegenheit, den Fragenden die Fragen zu stellen, die sie fragten.«

✧

»Gesunde Kinder brauchen keine Krankenversicherung.«

✧

»Es ist wichtig für uns, dass wir unserem Land erklären, dass das Leben wichtig ist. Es ist nicht nur das Leben von Babys, sondern das Leben von Kindern, die, wissen Sie, in den dunklen Höhlen des Internets hausen.«

✧

»Mein Standpunkt für das Leben ist, dass ich glaube, es gibt Leben.«

✧

»Wenn er so weitermacht, dann werde ich der Nation sagen, was ich von ihm als menschliches Wesen und als Person halte.«

✧

»Es ist nicht die wichtigste Aufgabe, Gouverneur zu sein, oder First Lady in meinem Fall.«

✧

»Ich verstehe etwas vom Wachstum kleiner Betriebe. Ich war selber einer.«

✧

»Ich rufe alle Länder dazu auf, alles in ihrer Macht Stehende zu tun, um diese terroristischen Mörder zu stoppen. Und jetzt schaut euch meinen Golfschwung an.«

✧

»Meine Sätze führen mich in Gefilde, in die sich noch kein Mensch gewagt hat.«

✧

Presse, Fernsehen, Öffentlichkeitsarbeit

»Ich begrüße die Opfer der vorangegangenen Pressekonferenz.«

Fritz Behrens nach einer Pressekonferenz seiner NRW-Kabinettskollegin Bärbel Höhn, bevor er zum Opferschutz sprach

✧

»Muss ich wirklich auf jeder Pressekonferenz dreimal sagen: Ich liebe Wolfgang Gerhardt?«

Guido Westerwelle über das Verhältnis zwischen ihm und seinem Parteifreund

✧

»Ich gehöre zu den Exoten, die sich zu bestimmten Themen lieber erst äußern, wenn sie was davon verstehen.«

Joachim Herrmann als Vorsitzender der CSU-Landtagsfraktion in Bayern

✧

»Neun von zehn Stellungnahmen, die ich abgebe, gebe ich nicht ab, weil ich mich gerade auskotzen will, sondern ausschließlich deshalb, weil mich wieder jemand etwas fragt, was eigentlich im Moment gar nicht gefragt werden soll.«

Thomas Goppel, CSU-Politiker

✧

»Ich bewundere Münteferings Fähigkeit, in den Medien stets auswendig gelernte Botschaften unterzubringen, unabhängig von den gestellten Fragen.«

Laurenz Meyer, CDU, über Franz Müntefering

✧

»Er ist eine Mischung aus Rosa Luxemburg und Radio Luxemburg.«

Erwin Teufel, CDU, über Oskar Lafontaine

✧

»Zwei Motorradfahrer rasen über die Autobahn, verfolgt von einer schwarzen Limousine. Was ist das? Zwei Paparazzi auf der Flucht vor Jürgen Möllemann.«

Guido Westerwelle über seinen Parteifreund

✧

»Vermutlich kriegt man so viele Fotografen erst zu seiner Beerdigung wieder.«

Ole von Beust als Hamburger Bürgermeister bei der Bekanntgabe des Bruchs der Regierungskoalition

✧

»Über den Informationswert von Politiker-Interviews gibt es eine simple Formel: Amt mal Rücksicht auf Koalitionspartner durch Partei minus Wähler.«

Wolf von Lojewski, Fernsehjournalist

✧

»Solange man mit dem Fernsehapparat keine Mücke totschlagen kann, wird er die Zeitung nicht ersetzen.«

Manfred Rommel, CDU-Politiker

✧

»Stoiber will, dass zwischen dem TV-Duell und der Wahl möglichst viel Zeit ist, damit seine Berater erläutern können, was der Kandidat eigentlich sagen wollte.«

Matthias Machnig als SPD-Bundesgeschäftsführer zum Streit über den Termin der Fernsehduelle vor der Bundestagswahl 2002

✧

»Er hat das Bedürfnis, ausführlich auf Fragen zu antworten, die man gar nicht gestellt hat.«

Ingeborg Wurster, Fernsehjournalistin, über Hans-Dietrich Genscher

✧

»Guido Westerwelle ist seit dem Wochenende der Kanzlerkandidat der FDP, und man muss sagen: Kompliment! Immerhin ist er der Einzige aus dem Big-Brother-Container, aus dem was geworden ist.«

Harald Schmidt

✧

»Ich dachte, der kleine Ossi mit Bart, der müde macht, heißt Wolfgang Thierse.«

Harald Schmidt über das Sandmännchen im ostdeutschen Fernsehen

✧

»Wir haben einen Oppositionsführer, der so viel Ausstrahlung hat wie ein ausgeschaltetes Fernsehgerät.«

Rolf Winter, »Stern«-Chefredakteur, über Hans-Jochen Vogel, SPD

✧

»Das fleißige Lieschen von der SPD mit dem Ärmelschoner über dem Charisma. Der hat noch sehr viele erfolgreiche Jahre vor sich in der Opposition.«

Dieter Hildebrandt über Hans-Jochen Vogel

✧

»Im Zweifelsfall hält es Edmund Stoiber lieber mit den Akten als mit den Nackten.«

Günther Beckstein, CSU-Politiker

✧

»Franz Josef Strauß war immer sehr unbeliebt. Wenn ich mit dieser Unbeliebtheit so viele Wahlen gewinnen würde, wie er gewonnen hat, wäre ich mit der Unbeliebtheit sehr zufrieden.«

Anke Fuchs, SPD-Politikerin

✧

»Beliebtheit sollte kein Maßstab für die Wahl von Politikern sein. Wenn es auf die Popularität ankäme, säßen Donald Duck und die Muppets längst im Senat.«

Orson Welles

✧

»Wenn die Mehrheit es morgen erfordert, dass er sich zu Kaiser Wilhelm stilisiert, würde er sich einen wunderbaren Zwirbelbart zulegen. Und wenn es notwendig wäre, als bayerischer König Ludwig II. ins Kanzleramt zu kommen, würde er im Starnberger See schwimmen und einen Schwan küssen.«

Joschka Fischer über Gerhard Schröder

✧

Kirche, Religion, Christentum

»Über Strauß gibt es nur den lieben Gott, schon vom Alter her.«

Josef Ertl, FDP, über Franz Josef Strauß

✧

»Der Mensch denkt, Gott lenkt, und Franz Josef entscheidet.«

Gerold Tandler, CSU, über Franz Josef Strauß

✧

»Bekanntlich habe ich Herrn Strauß als ›Ayatollah alpini‹ bezeichnet. Ayatollah heißt ja ›Verkünder göttlicher Weisheit‹. Das nehme ich hiermit zurück.«

Burkhard Hirsch, FDP-Politiker

✧

»Als Katholik kann ich sogar Papst werden.«

Joschka Fischer auf die Frage, ob er als Grüner überhaupt Außenminister werden könne

✧

»Herr Möllemann will ja jetzt Kanzler werden. Die Welt wartet gespannt darauf, wen er als Papst vorschlägt.«

Franz Müntefering

✧

»Aufgrund des distanzierten Verhältnisses der Freidemokraten zum Zölibat kommt von uns keiner in Frage.«

Antwort von Jürgen W. Möllemann

✧

»Demnächst werden Sie mich noch fragen, ob ich Heiliger Vater werden will.«

Edmund Stoiber auf die Frage zu seinen Ambitionen auf das Amt des Bundeskanzlers

✧

»Das schönste Amt neben Papst.«

Franz Müntefering über sein neues Amt als SPD-Vorsitzender

✧

»Der Papst war auch nicht informiert.«

Franz Josef Strauß auf die Frage, warum er Bundeskanzler Kohl nicht vorab über seine Syrien-Reise informiert habe

✧

»Der Papst kann auch nicht zurücktreten und als Pfarrer wieder anfangen.«

Jo Leinen, SPD, über Oskar Lafontaines mögliches Comeback in der Politik

✧

»Eher wird Cornelia Pieper Päpstin als Guido Westerwelle Bundeskanzler.«

Fritz Kuhn, Bündnis 90/Grüne,
über die Kanzlerkandidatur des FDP-Vorsitzenden

✧

»Wenn man schon mal die letzte Ölung hatte, ist die Auferstehung ein besonderes Fest.«

Reinhard Bütikofer, Grüne, zum Landtags-Wahlergebnis in Schleswig-Holstein 2005

✧

»Es gibt zwei Institutionen, die Erfahrung mit der Auferstehung haben: Das ist die Kirche und die FDP.«

Ernst Pfister, baden-württembergischer FDP-Politiker

✧

»Das Abschneiden der FDP bei der Bundestagswahl war die sensationellste Auferstehung seit Lazarus.«

Julian Gyger, bayerischer FDP-Fraktionsgeschäftsführer

✧

»Wir beten jeden Tag, dass es besser wird. Dabei versuchen wir, dem lieben Gott klar zu machen, dass wir doch eigentlich seine Partei sind und er uns helfen muss.«

Claudius Schlumberger, rheinland-pfälzischer CDU-Politiker, zur Lage seiner Partei

✧

»Die SPD ist die Partei des Islam: Die Basis is lahm, die Fraktion is lahm, und der Parteivorsitzende is lahm.«

Mehdi Jafari-Gorzini, rheinland-pfälzischer Politiker, Bündnis 90/Die Grünen

✧

»Börner kommt mir vor wie ein Obrist der Heilsarmee, der abends gegen den Alkoholmissbrauch wettert und tagsüber sein Geld als Direktor einer Brauerei verdient.«

Hans-Dietrich Genscher über das Verhältnis des SPD-Politikers Holger Börner zu den Grünen

✧

»Der Pfarrer darf nicht ins Bordell, und der Politiker darf kein Geld von Wirtschaftsleuten annehmen, mag auch beides legal sein.«

Horst Eylmann, CDU-Politiker

✧

»In der Fastenzeit soll man das tun, was einem am schwersten fällt. Ich trinke in dieser Zeit keine fränkischen Weine und sage nichts zur FDP.«

Michael Glos, CSU-Politiker

✧

Kultur, Sprache, Volkskunde

»Deutschland braucht einen Bundeskulturminister in etwa so dringend wie Österreich einen Marineminister.«

Hans Zehetmair, CSU-Politiker

✧

»Wenn ich so dirigieren würde, wie in Bonn Politik gemacht wird, gäbe es ein Chaos.«

Daniel Barenboim, Dirigent

✧

»Ich singe manchmal unter der Dusche.
Aber selbst ich erkenne die Melodie nicht.«

Hans Eichel

✧

»Ich habe Geige und Cello im Schulorchester gelernt.
Dann kam die Lärmverordnung.«

Johannes Rau über seine Musikerlaufbahn

✧

»Meine Entwicklung verlief vom Musiker zum Anwalt zum Politiker – es war ein herrlicher Abstieg.«

Lothar de Maizière, letzter DDR-Ministerpräsident

✧

»Stoiber lässt ja jeden Tag jetzt den bayerischen Dementiermarsch spielen.«

Wolfgang Gerhardt

✧

»Herr Kollege Schiller, Ihr großer Namensvetter ist mit dem Drama ›Die Verschwörung des Fiesko zu Genua‹ in die Weltgeschichte eingegangen. Sie werden zwar nicht in die Weltgeschichte, aber in die Zeitgeschichte als der ›Beschwörer des großen Fiaskos von Bonn‹ eingehen.«

Franz Josef Strauß zu Bundeswirtschaftsminister Karl Schiller, SPD

✧

»Diese Bundesregierung erinnert an Dantes Inferno in einer Inszenierung von Willy Millowitsch.«

Karl-Heinz Hiersemann, SPD, über die Regierung Kohl

✧

»Natürlich hat Herr Maihofer die Bonner Passionsspiele durch einen Schleiertanz bereichert, in dem er die Rolle der Salome und des Johannes gleichzeitig gespielt hat.«

Franz Josef Strauß über Bundesinnenminister Werner Maihofer, FDP

✧

»Schröder ist der einzige Schauspieler, der froh wäre, wenn er keinen Oskar hätte.«

Andreas Schmidt, parlamentarischer Geschäftsführer der CDU/CSU-Bundestagsfraktion

✧

»Ich respektiere die Freiheit der Kunst. Ich mache mich doch lächerlich, wenn ich postuliere, dass Kunst nur dann Kunst ist, wenn ich, der Späth, sie auch verstehe.«

Lothar Späth, CDU-Politiker

✧

»Die FDP hat ihre Zentrale in Bonn zwischen zwei Museen gebaut. Das war sehr weitsichtig.«

Peter Struck, SPD-Politiker

✧

»Die Menschen sollen da gern hingehen.«

Gerhard Schröder über das geplante Holocaust-Mahnmal in Berlin

✧

»Und in der Realität gibt's das auch in Wirklichkeit.«

Gerhard Schröder

✧

»Älter zu werden, ist die einzige Chance, länger zu leben.«

Christa Lörcher, SPD-Bundestagsabgeordnete

✧

»Was ich sage, das sind Bausteine,
auf die man Fundamente setzt.«

Petra Roth, CDU, Oberbürgermeisterin von Frankfurt/Main

✧

»Offenbar fehlt hier der Durchblick,
was die Transparenz angeht.«

Karl Diller, SPD-Bundestagsabgeordneter

✧

»Prognosen sind schwierig, wenn sie mit Blick auf die
Zukunft abgegeben werden müssen.«

Friedhelm Ost, CDU-Politiker

✧

»Wir pfeifen nicht nach Ihrer Tanze.«

*Versprecher von Hans-Ulrich Klose
als SPD-Fraktionschef im Bundestag*

✧

»Die Zwei, das ist mir vielleicht ein Trio.«

Rudolf Scharping, SPD, über zwei seiner Kritiker

✧

»Sehr geehrter Herr Präsident,
sehr geehrte Frau Tananarive.«

*Heinrich Lübke als Bundespräsident in seiner Ansprache
an das madagassische Präsidenten-Ehepaar Tsiranana
(Tananarive ist die Hauptstadt Madagaskars)*

✧

»Ich kann mich noch gut an die Zeit erinnern,
als die Hochwasser hier in aller Munde waren.«

Kurt Beck, rheinland-pfälzischer Ministerpräsident

✧

»Woher soll ich wissen, was ich denke,
wenn ich noch nicht gehört habe, was ich sage.«

Wolfgang Schneiderhan, Bundeswehr-Generalinspekteur

✧

»Es wäre nicht falsch, davon auszugehen,
wenn man annehmen würde, dass dieses Gespräch
noch diese Woche stattfinden könnte.«

Béla Anda als Regierungssprecher

✧

»Ich weiß, dass Sie glauben, Sie verstünden, was Sie denken, was ich gesagt habe; aber ich bin mir nicht sicher, ob Sie begreifen, dass das, was Sie gehört haben, nicht das ist, was ich meine.«

Richard Nixon als US-Präsident

✧

»Sie werden halt nicht als irgendwie kompetent oder relevant angesehen, also Kompetenzrelevanz, oder: Ihre Kompetenz wird nicht als genügend relevant angesehen.«

Edmund Stoiber

✧

»Wir schlagen vor, Kettenbefristungen weiterhin zu ermöglichen, gleichzeitig aber einen eng begrenzten Zeitraum als vorhergehende Bezugsgröße für ein Wiederbefristungsverbot zu definieren. Damit wird die befristete Neuanstellung in derselben Firma auch nach vorhergehender Befristung wieder möglich.«

Thea Dückert und Fritz Kuhn, Grüne, zur Reform des Kündigungsschutzes

✧

»Berichte, die sagen, dass etwas nicht passiert ist, finde ich immer interessant, denn wie wir wissen, gibt es Bekanntes, das bekannt ist. Es gibt Dinge, von denen wir wissen, dass wir sie wissen. Wir wissen auch, dass es bekanntermaßen Unbekanntes gibt. Das heißt, wir wissen, dass es Dinge gibt, die wir nicht wissen. Aber es gibt auch Unbekanntes, das unbekannt ist – das, wovon wir nicht wissen, dass wir es nicht wissen.«

Donald Rumsfeld als US-Verteidigungsminister

✧

»Die kalte Sprache der Macher mag soziologisch genauer, politisch handhabbarer sein; ich entdecke in ihr einen Verlust an Lebensnähe. Wie armselig wäre das Kinderlied, wenn wir einst gesungen hätten ›Schlaf Kindchen, schlaf, deine Bezugsperson hütet die Schaf‹!«

Norbert Blüm, CDU-Politiker

✧

»Die Sprache Helmut Kohls wirkt wie ein Maßanzug vom Dorfschneider.«

Rüdiger Altmann, Publizist

✧

»Ich spreche zwar Ihre Sprache, aber zum Wohle der Völkerverständigung spreche ich sie jetzt lieber nicht.«

Roman Herzog

✧

»Das Rheinland ist sehr tolerant.
Hier werden höchstens die Konsonanten unterdrückt.«

Roman Herzog

✧

»Bei Koschniks Bundestagsreden haben zwei Stenographen Dienst: Einer notiert die ausgesprochenen Silben, der andere die verschluckten.«

Ernst Waltemathe, SPD, über seinen Parteifreund Hans Koschnik

✧

»Den Vorwurf, ich redete zu langsam, halte ich für einen vertretbaren Vorwurf, solange er nicht mit dem Vorwurf verbunden ist, ich dächte zu langsam.«

Rudolf Scharping, SPD-Politiker

✧

»Ich habe fast alle Reden von Johannes Rau gelesen. Da kann man nur das eine sagen: Dieser Mann bringt die größte Menge Wörter in die kleinste Menge Gedanken.«

Heiner Geißler, CDU-Politiker

✧

»Dass es keine viel versprechenden Politiker mehr gibt, sondern nur noch Politiker, die viel versprechen, weil man das Wort nur noch auseinander schreiben darf, hat uns schon vor Jahren gestört.«

Roland Koch über die neue Rechtschreibung

✧

»Sie müssen entweder Englisch können, um mit der Welt zu korrespondieren, oder Schwäbisch, um mit den wichtigen Leuten zu reden.«

Lothar Späth als baden-württembergischer Ministerpräsident

✧

»Die Sachsen haben sich zur Unterscheidung den Titel ›Freistaat‹ zugelegt – als wenn man die nicht an der Sprache unterscheiden könnte.«

Lothar de Maizière, CDU-Politiker

✧

»Unter Sozialdemokraten gilt es schon als Mutprobe, sich als Saarländer zu erkennen zu geben.«

Wolfgang Clement

✧

»Wo keine Kuh mehr grast, kommt auch kein Preuß' mehr hin. Es stellt sich die Anschlussfrage, wer dann gemolken werden soll.«

Manfred Schmidt, bayerischer SPD-Bundestagsabgeordneter

✧

»Man kann nicht ein guter Bayer sein
und gleichzeitig ein Saupreiß.«

*Wolfgang Zeitlmann, CSU-Abgeordneter,
zur doppelten Staatsangehörigkeit für Ausländer*

✧

»Es kann nicht ein Bayer Kanzler und Bayern München Deutscher Meister werden. Das muss aufeinander abgestimmt werden.«

Theo Waigel, CSU, zur Kanzlerkandidatur seines Parteifreunds Edmund Stoiber und zur gleichzeitigen Formkrise von Bayern München

✧

»Sie kennen mich vielleicht.
Ich bin der bayerische Ministerpräsident.«

*Edmund Stoiber als Unions-Kanzlerkandidat
bei einem Besuch in Sachsen-Anhalt*

✧

»Schön ist, dass man jetzt wieder von den Alpen bis zur Nordsee durch befreundete Länder fahren kann.«

*Michael Glos, CSU, nach Wahlsiegen der CDU
in Hessen und Niedersachsen*

✧

»Nordrhein-Westfalen ist wahlentscheidend, der Osten ist wichtig, wird nach meiner Meinung aber überschätzt. Da wohnt keiner mehr.«

*Franz Maget, Vorsitzender der SPD-Fraktion
im Bayerischen Landtag*

✧

Sport, Freizeit, geselliges Beisammensein

»Mir geht es am Montagmorgen wie vielen Zeitungslesern: erst der Sportteil, weil der KSC manchmal wichtiger ist als die KSZE.«

Klaus Kinkel, FDP-Politiker

✧

»Für einen Elfmeter eingewechselt werden und Bayern-Keeper Oliver Kahn ins linke untere Eck einen reinknallen.«

Theo Waigel, Fan von 1860 München, über seinen Wunschtraum

✧

»Der Außenminister taucht ab. Der Verteidigungsminister schwimmt, und die Bundeswehr geht baden.«

Guido Westerwelle

✧

»Einer Gesellschaft, die man damit unterhalten kann, dass zwei Menschen einen Ball hin und her schlagen, ist alles zuzutrauen.«

Manfred Rommel, CDU-Politiker

✧

»Warum soll die FDP keinen Kanzlerkandidaten aufstellen? Die deutsche Fußball-Nationalelf fährt ja auch zur WM!«

Harald Schmidt

✧

»Der Bundeskanzler sollte sich wegen Fußball im Fernsehen keine grauen Haare wachsen lassen.«

Guido Westerwelle über Gerhard Schröder in Anspielung auf dessen angeblich gefärbte Haare

✧

»Ich würde auch mit Franz Josef Strauß durch den Tegernsee schwimmen, wenn das notwendig wäre, um diese Koalition wieder handlungsfähig zu machen.«

Martin Bangemann, FDP-Politiker

✧

»Der kalte Tegernsee eignet sich nicht für große Zierfische.«

Antwort von Franz Josef Strauß

✧

»Bundesarbeitsminister Ehrenberg ist ein Slalomfahrer, der nur deshalb nichts anstößt, weil er sich die Fahnen auf den Rücken gebunden hat.«

Norbert Blüm, CDU-Politiker

✧

»Wir haben das Dach der Arena extra so eng gebaut, dass er nicht mehr durchkommt.«

Rudi Assauer, Manager von Schalke 04, über FDP-Politiker Jürgen W. Möllemann, der hin und wieder mit dem Fallschirm im Schalker Fußballstadion landete

✧

»Bei den Fallschirmsprüngen von Herrn Möllemann fällt mir immer ein Satz von Hans-Dietrich Genscher ein. Der hat gesagt: Es ist noch nie ein Meister vom Himmel gefallen.«

Wolfgang Schäuble

✧

»Ich weiß, dass manche bei meinen Sprüngen nur so lange geklatscht haben, wie der Fallschirm noch zu war.«

Jürgen W. Möllemann

✧

»Als die DDR verschwand, hegten viele Bürgerrechtler die Erwartung, das politische Leben werde sich fortan als permanentes Friedensfrühstück zelebrieren lassen.«

Gerhard Henschel, Schriftsteller

✧

»Es stimmt nicht, dass ich mit Helmut Schmidt nicht könnte. Im Gegenteil, ich kann mit Helmut Schmidt sehr gut. Wir dürfen nur nicht über Politik reden.«

Willy Brandt

✧

»Ich selbst bin kein Glücksspieler. Ich bin Mitglied der FDP. Das ist Nervenkitzel genug.«

Philipp Rösler, FDP-Fraktionschef in Niedersachsen

✧

»Bei den Christsozialen gilt nüchtern Autofahren traditionell als parteischädigendes Verhalten.«

Friedrich Küppersbusch

✧

»Wenn der Korn kalt ist, die Bedienung freundlich, und es regnet nicht durch, sollte man nicht die Kneipe wechseln.«

Karl-Heinz Funke als Bundeslandwirtschaftsminister auf die Frage, ob er nach der nächsten Bundestagswahl weiter dem Kabinett angehören wolle

✧

»Wir haben in Stuttgart eine Rebfläche, die größer ist als die der Friedhöfe. Das zeigt, dass wir im Prinzip fröhliche Menschen sind.«

Manfred Rommel als Oberbürgermeister von Stuttgart

✧

»Der Bundestag ist eine unglaubliche Alkoholikerversammlung.«

Joschka Fischer als Bundestagsabgeordneter

✧

»Die FDP steht voll zum Kanzler.«

Martin Bangemann, FDP-Politiker

✧

»Diese Linken tun mir Leid. Sie beginnen schon den Morgen mit endlosen Diskussionen, anstatt dass sie, wie wir, mal ein Bier trinken gehen.«

Detlef Kleinert, FDP-Politiker

✧

»Wenn ich eine Flasche Wein trinke, und Sie trinken keine, dann haben wir im Durchschnitt selbstverständlich je eine halbe Flasche Wein getrunken, nur mit dem Unterschied, dass ich hinterher besoffen bin, und der Herr Minister ist nüchtern.«

Klaus Daweke, CDU, zu Bundesbildungsminister Rohde, SPD

✧

Anatomie, Naturwissenschaften, Tierwelt

»Politik ist der Sieg des Hinterns über das Gehirn. Außerdem muss Ihre Blase funktionieren. Wer laufend aus der Verhandlung raus muss, hat schon verloren.«

Heide Simonis, SPD-Politikerin

✧

»Nächstes Mal bringe ich einen Nachttopf mit.«

Hans-Jochen Vogel, nachdem Journalisten ihn während der Schlichtungsverhandlungen der Metallindustrie beinahe bis auf die Toilette verfolgt hatten

✧

»Ich war auf dem Klo.«

Herbert Wehner auf die Frage, wo er war, als das Ergebnis des Misstrauensvotums gegen Bundeskanzler Willy Brandt bekannt gegeben wurde

✧

»Dafür habe ich leider nicht die passende Anatomie.«

Andrea Fischer, Grüne, auf die Frage, ob sie sich nicht vor Wut in den Hintern beißen könne

✧

»Nein. Joschkas Anzüge sind mir,
was Ärmel und Beine betrifft, viel zu kurz.«

Jürgen Trittin auf die Frage, ob er die gleichen Anzüge trage wie Joschka Fischer

✧

»Grüne tragen überhaupt keine Schlipse.
Insofern kann man denen auch nicht da drauftreten.«

Franz Müntefering

✧

»Im Sauerland gilt die Regel: Rede nicht länger,
als du auf einem Bein stehen kannst.«

Franz Müntefering

✧

»In der ersten Reihe zu schlafen, ist generell Übungssache.
Man muss nur aufpassen, dass man nicht vornüber fällt.«

Hannelore Kohl

✧

»Einer mit denselben Ohren –
das wird die Biogenetik nie schaffen.«

Hans-Dietrich Genscher über sein Äußeres

✧

»Wer sich auf seinen Lorbeeren ausruht,
trägt sie an der falschen Körperstelle.«

Heiner Geißler, CDU-Politiker

✧

»Die, die ihre Hornhaut an den Knien haben,
sollten nicht spotten über die, die Hornhaut
an den Ellenbogen haben.«

Joachim Gauck als Bundesbeauftragter für die Stasi-Unterlagen zum Verhältnis von Ost- und Westdeutschen

✧

»Diese Klimas, Schröders, Blairs sind ja so verwechselbar.
Ich habe immer nur ein Gebiss in Erinnerung.«

Frank Castorf, Intendant der Berliner Volksbühne

✧

»Das ist keine ruhige Hand,
das sind eingeschlafene Füße.«

Rainer Brüderle, FDP, über Gerhard Schröder

✧

»Sie hatten befürchtet, ihnen würde der Kopf
abgeschlagen. Jetzt wurde ihnen nur das Bein amputiert.
Also sind sie Gewinner.«

Peter Müller, CDU, über die saarländische SPD

✧

»Die Kanzlerkandidatenschuhe sind für Johannes Rau so überdimensioniert, dass er die Füße umdrehen kann, ohne die Richtung der Schuhe zu verändern.«

Norbert Blüm, CDU-Politiker

✧

»Wenn Franz Müntefering jetzt die Globalisierung entdeckt, dann ist das so, als würde man plötzlich feststellen: Die Erdanziehung gibt's tatsächlich.«

Dieter Althaus als Ministerpräsident von Thüringen

✧

»Die heilige Kuh Tarifautonomie kann und sollte nicht zum Tanzbär der Politik gemacht werden.«

Jürgen W. Möllemann

✧

»Heilige Kühe sind auch bloß Rindviecher.«

Hans Spitzner als bayerischer Wirtschaftsstaatssekretär

✧

»Die Grünen haben ein gespaltenes Verhältnis zur Tierwelt: Renate Künast schlachtet Kälber, und Joschka Fischer prügelt Bullen.«

Jürgen W. Möllemann in Anspielung auf die BSE-Krise und die Vergangenheit Fischers als Sponti

✧

»Die Reform des Staatsbürgerschaftsrechts wird zum Elchtest für die reformwillige Mehrheit im Bundestag: Wie kommt man um den Dicken rum, ohne was aufs Dach zu kriegen.«

Cem Özdemir, Bundestagsabgeordneter Bündnis 90/Grüne

✧

»Im Buhlen um die Gunst der Wähler geraten politische Systeme in einen Zustand, der dem des Hirschen in der Brunft ähnelt: Der Verstand ist für einige Zeit nicht mehr zentrale Instanz des Handelns.«

Christoph Schwennicke, Journalist

✧

»Eine große Koalition ist so beweglich wie ein Stachelschwein beim Liebesakt – nur eben nicht so produktiv.«

Gunda Röstel, Bundestagsabgeordnete Bündnis 90/Grüne

✧

»Wenn ich meinen Hund liebe,
muss ich nicht auch seine Flöhe lieben.«

*Heiner Geißler als CDU-Generalsekretär
zu den Grundsätzen seiner Partei*

✧

»In der Fragestunde ist der Parlamentarier nicht mehr als ein Hündchen, das mal den Mond anbellen darf.«

Hildegard Hamm-Brücher, FDP-Politikerin

✧

»Kennen Sie den Unterschied zwischen einer Hundehütte und einem Stellvertreter? Die eine ist für den Hund, der andere für die Katz.«

Horst Seehofer als stellvertretender CSU-Vorsitzender

✧

»Der Bundeslandwirtschaftsminister Ignaz Kiechle ist im Allgäu ein Tiger, in Bonn ein zahmer Hauskater und in Brüssel ein Bettvorleger für Frau Thatcher.«

Rudolf Schöfberger, SPD-Politiker

✧

»Zimmermann ist als Löwe gesprungen und als Bettvorleger gelandet.«

Joschka Fischer über Bundesinnenminister Friedrich Zimmermann, CSU

✧

»Steinbrück ist als Tiger gestartet und als Bettvorleger gelandet. Aber gegen Peer Steinbrück ist selbst ein Bettvorleger ein gefährliches Raubtier.«

Jürgen Rüttgers, CDU, als Oppositionschef von Nordrhein-Westfalen über Ministerpräsident Peer Steinbrück

✧

»Wenn man eine rosarote Brille aufsetzt, werden Eisbären nicht zu Himbeeren.«

Franz Josef Strauß

✧

»Ein Elefant verliert für den Porzellanladen nichts von seiner Bedrohlichkeit, nur weil er Armani trägt.«

Hans Zehetmair, CSU, über Kulturstaatsminister Michael Naumann

✧

»Da würde ich eher die Drohung eines Karpfens, sich an Land zu werfen, ernst nehmen.«

Michael Glos, CSU, zur Drohung grüner Abgeordneter, der Rentenbeitragserhöhung nicht zuzustimmen

✧

»Sie wollen einem Pferd die Sporen geben, auf dem Sie gar nicht sitzen.«

Peter Hans, saarländischer CDU-Fraktionschef, zur Kritik von SPD-Oppositionsführer Heiko Maas an der Landesregierung

✧

»Ich nehme zur Kenntnis, dass Waldheim nicht bei der SA war, sondern nur sein Pferd.«

Fred Sinowatz als österreichischer Bundeskanzler zur umstrittenen Nazi-Vergangenheit von Bundespräsident Kurt Waldheim

✧

Skandalöse Entgleisungen und üble Beschimpfungen

»Bush will von seinen innenpolitischen Schwierigkeiten ablenken. Das ist eine beliebte Methode. Das hat auch Hitler schon so gemacht.«

Herta Däubler-Gmelin, SPD,
über den Irak-Feldzug von US-Präsident George W. Bush

✧

»Er ist ein moderner kommunistischer Führer, der sich auf Public Relations versteht. Goebbels, einer von jenen, die für die Verbrechen der Hitler-Ära verantwortlich waren, war auch ein Experte für Public Relations.«

Helmut Kohl über Michail Gorbatschow

✧

»Helmut Schmidt spricht weiter von Pflichtgefühl, Berechenbarkeit, Machbarkeit, Standhaftigkeit. Das sind Sekundärtugenden. Ganz präzis gesagt: Damit kann man auch ein KZ betreiben.«

Oskar Lafontaine

✧

»Das ist der schlimmste Präsident seit Hermann Göring.«

Helmut Kohl über Bundestagspräsident Wolfgang Thierse

✧

»Ein Hetzer ist er, seit Goebbels der schlimmste im ganzen Lande.«

Willy Brandt über CDU-Generalsekretär Heiner Geißler

✧

»Sie sind nicht nur der größte und bösartigste Verleumder dieser Republik, Sie sind auch der übelste und schamloseste Pharisäer dieses Landes.«

Ottmar Schreiner, SPD, zu Heiner Geißler

✧

»Laurenz Meyer hat die Mentalität eines Skinheads und nicht nur das Aussehen.«

Jürgen Trittin über Meyer als CDU-Generalsekretär

✧

»Dieser Mann ist reif für die Nervenheilanstalt.«

Franz Josef Strauß über Bundeskanzler Helmut Schmidt

✧

»Ich erwarte, dass die Professoren wie Herr Rürup uns nicht länger mit ihrer Ejaculatio praecox beglücken.«

Ludwig Stiegler, SPD, über Äußerungen von Prof. Rürup, Vorsitzender der Kommission zur Reform des Sozialstaats (Ejaculatio praecox = vorzeitiger Samenerguss)

✧

»Das einzige Kriterium, warum manche der Frauen so weit oben gelandet sind, ist, dass sie zwischen ihren Beinen anders aussehen als ich.«

Friedhelm Farthmann als SPD-Fraktionsvorsitzender im nordrhein-westfälischen Landtag zum Thema Frauenquoten

✧

»Mit Verlaub, Herr Präsident, Sie sind ein Arschloch.«

Joschka Fischer zu Bundestagsvizepräsident Richard Stücklen, nachdem dieser einen Bundestagsabgeordneten der Grünen von der Sitzung ausgeschlossen hatte

✧

»Ich bedauere, dass es mir mein hohes Staatsamt verbietet, den Kerlen selbst eins in die Fresse zu hauen. Früher auf dem Bau hat man solche Dinge mit Dachlatten erledigt.«

Holger Börner als hessischer Ministerpräsident über die Grünen

✧

»Ströbele ist ein Gangster.«

Hans Klein, CSU, über Hans-Christian Ströbele, Grüne

✧

»Dieses Schwein.«

Horst Ehmke, SPD, über Edmund Stoiber, CSU

✧

»Bei Ihnen steht der Verstand still.«

Ottmar Schreiner zu Johannes Gerster, CDU

✧

»So ein Quasselkopf!«

Joschka Fischer über Günther Friedrich Nolting, FDP

✧

»Sie sind ein echter Kläffer.«

Horst Ehmke, SPD, zu Volker Rühe, CDU

✧

»Lieber Herr Kollege Bueb, dass Sie das nicht begreifen, das habe ich mir schon gedacht. Jeder Pfeifenraucher weiß an sich, dass in einen Holzkopf nicht viel reingeht.«

Peter Harry Carstensen, CDU,
zum Grünen-Abgeordneten Eberhard Bueb

✧

»Ein unverschämter demagogischer
und arroganter Lümmel.«

Wolfgang Thierse, SPD, über Günther Krause, CDU

✧

»Mini-Goebbels!«

Dietmar Kansy, CDU, zu Otto Schily, Grüne

✧

»Intrigantes Schwein.«

Irmgard Schwaetzer, FDP, über ihren Parteifreund Jürgen W. Möllemann

✧

»Sie Dreckschleuder!«

Dieter Spöri, SPD, zu Klaus W. Lippold, CDU

✧

»Ein ausgesprochener Drecksack sind Sie!«

Hans Hermsdorf, SPD, zu Linus Memmel, CSU

✧

»Sie sind eine Wühlratte!«

Richard Schröder, SPD, zu Herbert Schneider, DP

✧

»Ich nenne Sie einen schäbigen Verleumder und möchte einen Ordnungsruf!«

Rudolf Seiters, CDU, zu Hans-Jochen Vogel, SPD

✧

Szenen aus dem Parlament

»Herr Abgeordneter Schäfer, machen Sie keine weiteren Zwischenbemerkungen, sonst antworte ich Ihnen!«

Carlo Schmid, SPD, zu einem Zwischenrufer

✧

»Herr Larcher, als Sie heute zur Morgenstunde um halb zehn geredet haben, da hat für mich das Wort ›Morgengrauen‹ eine ganz neue Bedeutung bekommen.«

Wolfgang Schäuble zum Abgeordneten Detlev von Larcher, SPD

✧

»Herr Minister, ich kann Sie nicht zwingen, nicht weiterzureden, aber ich kann auch niemanden zwingen, Ihnen zuzuhören.«

Jürgen Gansäuer, niedersächsischer Landtagsvizepräsident, zu Finanzminister Heinrich Aller

✧

»Ich kenne Sie: In einem halben Jahr werden Sie sagen, Sie hätten ja nicht gesagt, ab welchem Freitag es wieder aufwärts gehen soll.«

Angela Merkel im Bundestag zu Bundeskanzler Gerhard Schröder nach dessen Äußerung, »ab Freitag« gehe es mit Deutschland wieder aufwärts

✧

»Herr Fischer, bei Ihrer Lautstärke könnten Sie, glaube ich, alleine ganze Fischer-Chöre bilden.«

Hansgeorg Hauser, CDU, zu Joschka Fischer

✧

»Herr Präsident, ist das parlamentarisch, wenn ich hier als Finanzkasper bezeichnet werde?«

Hans Apel als Bundesfinanzminister zum Bundestagspräsidenten nach Zwischenrufen aus der CDU/CSU-Fraktion

✧

»Meine Damen und Herren, man muss die Wahrheit verkünden, auch wenn man unter die Räuber gefallen ist!«

Norbert Blüm, CDU, als er seine Bundestagsrede in den Reihen der SPD-Opposition fortführen musste, weil sich dort das einzige noch funktionierende Mikrofon im Plenarsaal befand

✧

»Ich glaube, er übt für seine Rede bei der Verleihung des Ordens wider den tierischen Ernst.«

Anke Fuchs, SPD, über eine Bundestagsrede von Norbert Blüm

✧

»Herr Strauß, ich bin vielleicht wirklich etwas erregt, denn ich werde heute Abend zu meiner Frau an den Wörthersee fahren. Sie erregen mich nicht, Sie sind überhaupt nicht mein Typ.«

Hans Apel, SPD, zu Franz Josef Strauß

✧

»Sie sind ein professioneller Anscheinserwecker.«

Sigmar Gabriel, SPD, zum Abgeordneten Hartmut Möllring

✧

»Mein bester Kunde ist abgetreten.«

Richard Stücklen als Bundestagspräsident nach dem Ausscheiden Herbert Wehners aus dem Bundestag unter Anspielung auf dessen viele Ordnungsrufe

✧

»Sie haben aber ein Interview gegeben, das heißt, Sie haben vor sich hin geknurrt, was für Sie auch gelegentlich ein Interview ist.«

Franz Josef Strauß zu Herbert Wehner

✧

»Bei Ihnen, Herr Wehner, ist das deshalb möglich, weil Sie – vor allen Dingen dann, wenn Sie verärgert sind – Ihre Umwelt so zu behandeln pflegen, wie ostelbische Gutsbesitzer früher angeblich ihre Kutscher behandelt haben.«

Franz Josef Strauß

✧

»Seit Kaiser Caligula sein Pferd zum Konsul ernannt hat, sind Sie die klassische Fehlbesetzung in einem politischen Amt.«

Manfred Schmidt, SPD,
zu Bundesjustizminister Hans Engelhard, FDP

✧

»Mir wurde gesagt, ich benähme mich wie eine Jungfrau, die mit einer Rede schwanger gehe, die sie halten wolle. Dabei muss man feststellen, dass eine schwangere Jungfrau zumindest ein medizinisches Problem besonderer Prägung darstellt.«

Knut von Kühlmann-Stumm, FDP-Bundestagsabgeordneter

✧

»Wer stimmt dem Gesetz zu? Keiner!
Das ist die Minderheit.«

Henning Scherf, bremischer Bürgermeister,
bei einer Abstimmung im Bundesrat

✧

»Kollegen, die durch ihr Verhalten zu erkennen geben, dass sie nichts zu tun haben, bitte ich, dies nicht hier zu tun.«

Heinz Westphal als Vizepräsident des Deutschen Bundestages
zu den Abgeordneten

✧

»Ich will Ihnen mal was sagen! Ich kenne Ihre Zahlen nicht, aber ich halte sie für falsch!«

Walter Seuffert, SPD-Bundestagsabgeordneter

✧

»Herr Kollege Duve, ich weiß nicht, was Sie fragen wollen, aber ich will Ihnen die Antwort geben.«

Burkhard Hirsch, FDP, zum SPD-Abgeordneten Freimut Duve

✧

Norbert Blüm, CDU:

»Die Grünen sind die Rache des Bürgertums an der Arbeiterbewegung des neunzehnten Jahrhunderts.«

Hubert Kleinert, Grüne:

»Wenn das so ist, Herr Blüm, dann sind Sie die Rache des Mainzer Karnevals am Deutschen Bundestag.«

✧

Joschka Fischer im Visa-Untersuchungsausschuss des Deutschen Bundestages:

»Bei der Aktenübersendung gab es niemals die Intention, Ihnen das Leben schwer zu machen, sondern – «

Hans-Peter Uhl, CSU, Ausschussvorsitzender:

»Mir kommen die Tränen.«

Fischer:

»Darf ich Ihnen ein Taschentuch anbieten?«

Uhl:

»Ich hab' selbst eins.«

Fischer:

»Ich lasse ungern ein Krokodil weinen.«

✧

Klaus-Dieter Kühbacher, SPD, zu Franz Josef Strauß:
»Herr Kollege Strauß, würden Sie mir zustimmen, dass wir einem Auszug der Bayerischen Kammerspiele beiwohnen?«

Franz Josef Strauß:
»Wenn die Beiträge Ihrer Redner in den letzten Tagen immer die Qualität der in den Bayerischen Kammerschauspielen aufgeführten Stücke gehabt hätten, hätte das Parlament erheblich an Wert gewonnen.«

✧

Herbert Wehner zu Baron von Wrangel, CDU:
»Sie reden, als hätten Sie Theaterrezensent werden wollen!«

Baron von Wrangel:
»Herr Kollege Wehner, Theaterrezensent ist ein sehr ehrenwerter Beruf!«

Herbert Wehner:
»Deshalb sind Sie es auch nicht geworden!«

✧

Herbert Wehner zu Michael Glos, CSU:
»Wenn man Sie sieht, vergeht einem die Lust am Kinderkriegen!«

Michael Glos:
»Herr Kollege Wehner, ich meine, hier geht es mehr um meine Wirkung auf die Damenwelt als um die Wirkung auf die Männerwelt, und jene soll die Lust am Kinderkriegen haben – nicht Sie.«

✧

Dr. Jürgen Todenhöfer, CDU:
»Ein Angola, ein Mosambique, ein Vietnam und ein Kambodscha sind mehr als genug.«
Herbert Wehner:
»Ein Todenhöfer auch.«

✧

Herbert Wehner zu Willy Brandt nach einer Verbalattacke eines CDU-Abgeordneten:
»Lassen Sie sich doch von diesem Lümmel nicht aus der Ruhe bringen!«
Bundestagspräsident Schmitt-Vockenhausen:
»Herr Abgeordneter Wehner,
ich rüge das Wort ›Lümmel‹!«
Herbert Wehner:
»Schönen Dank, dass Sie erwacht sind, Herr Präsident!«

✧

Herbert Wehner zu Hans Klein, CSU:
»Das ist unerhört! Lassen Sie den Quatsch sein!
Wir sind hier nicht im Karneval in München.«
Hans Klein:
»Herr Kollege Wehner, in München heißt der Karneval Fasching.«
Herbert Wehner:
»Das überlasse ich Ihnen. Dann gehen Sie zum Fasching.
Sie sehen auch so aus, als wenn Sie vom Fasching kämen!«

✧

Bundestags-Vizepräsident Dr. Schmitt-Vockenhausen:
»Der Herr Abgeordnete Stücklen hat eine Äußerung des Herrn Abgeordneten Wehner beanstandet. Ich möchte nur feststellen, dass das stenographische Protokoll dem nicht entspricht, was der Herr Abgeordnete Stücklen glaubt, gehört zu haben.«

Herbert Wehner:
»Vielleicht kann man ihm aber entgegenkommen, damit sein Bedarf gestillt wird.«

Zwischenrufe von Herbert Wehner

»Bitte den Heldentenor nicht zu stören!«

Während einer Rede von Kurt Georg Kiesinger, CDU

✧

»Sie müssen sich noch üben in Zwischenrufen, Herr neuer Oppositionsführer! Entschuldigen Sie, das konnte ich besser, als ich Oppositionsführer war.«

zu Prof. Karl Carstens, CDU-Fraktionsvorsitzender

✧

»Sie sollten einmal zum Arzt gehen. Sie platzen ja! Ich habe Angst um Ihre Gesundheit.«

Zum Abgeordneten Engelsberger, CDU

✧

»Versuchen Sie nicht, alles auf einen Schluck zu nehmen, sonst verschlucken selbst Sie sich, die Sie einen großen Schlund haben. Sie haben doch das Kunststück fertig gebracht, schon manche Ihrer Kanzler und Kanzleranwärter selbst zu verschlucken. Sie müssen einen besonderen Schlund haben.«

Zur CDU-/CSU-Fraktion

✧

»Halten Sie doch den Mund! Professoraler Dummkopf!«

Zum Abgeordneten Prof. Abelein, CDU

✧

»Wir können ja nicht auch noch die Dummheit verstaatlichen, die Sie verkörpern.«

Zum Abgeordneten Härzschel, CDU

✧

»Sie verwechseln wohl den Bundestag mit der Oktoberwies'n, Sie Flaschenkopf.«

Zum Abgeordneten Riedl, CSU

✧

»Sie sehen auch aus wie eine Jungfer.«

Zum Abgeordneten Bohl, CDU, als dieser darauf hinwies, dass er gerade seine Jungfernrede halte

✧

»Nun lassen Sie mich doch einmal ausreden, Sie Düffel-Doffel da!«

Zur CDU-/CSU-Fraktion

✧

»Sie Übelkrähe!«

Zum Abgeordneten Wohlrabe, CDU

✧

»Hodentöter!«

Zum Abgeordneten Dr. Todenhöfer, CDU

✧

»Sie sind ein Heckenschütze!«

Zum Abgeordneten Franke, CDU

✧

»Sie sind ein Quatschkopf, weiter gar nichts!«

Zum Abgeordneten Dr. Luda, CDU

✧

»Sie Frühstücksverleumder!«

Zum Abgeordneten Zimmermann, CSU

✧

»Waschen Sie sich erst einmal!
Sie sehen ungewaschen aus!«

Zum Abgeordneten Möller, CDU

✧

»Ich habe zum ersten Mal einen redenden
Pfefferkuchenmann gehört!«

Zum Abgeordneten Kunz, CDU

✧

»Mann, hampeln Sie doch nicht so herum, Sie sind doch Geschäftsführer und nicht Geschwätzführer!«

Zu Philipp Jenninger, Parlamentarischer Geschäftsführer der CDU/CSU-Fraktion

✧

»Ich bitte Sie, nehmen Sie sich doch zusammen, falls Sie das können. Irgend etwas bubbelt in Ihnen, und Sie müssen heraus mit dem, was bei Ihnen bubbelt.«

Zum Abgeordneten Dr. Probst, CDU

✧

»Der deutsche Spießer ist ein Darm, gefüllt mit Furcht und Hoffnung, dass Gott erbarm! Sie sind ein Beweisstück dafür.«

Zum Abgeordneten Lintner, CDU

✧

»Bleiben Sie doch sitzen, nachdem der andere den Quark geredet hat. Machen Sie daraus nicht noch eine Torte!«

Zum Abgeordneten Haase, CDU

✧

»Können Sie irgendwann nicht sagen ›Fortsetzung folgt‹ und mit dem Geseich aufhören?«

Zum Abgeordneten Zink, CDU

Abseits ist, wenn der Schiedsrichter pfeift

144 Seiten, Paperback

ISBN 3-89533-361-1

€ 8,80

Über 500 neue Weisheiten unserer Kicker-Genies,
zusammengestellt von Frank Langenfeld.
Mit Zeichnungen von Tom.
»Garantiert: Ein Brüller jagt den nächsten.«
(Remscheider Generalanzeiger)